身代喰逃げ屋

見倒屋鬼助 事件控 6

喜安幸夫

時代小説

二見時代小説文庫

目次

身代《しんだい》喰《くい》逃《に》げ屋——見倒屋《みたおしや》鬼助《きすけ》事件控 6

一　喰逃《くいに》げ屋

一

「こんどは金になる話だろうなあ」

「なりますよう」

市左《いちざ》が疑《うたぐ》り深そうに言ったのへ、お島《しま》は返した。

鬼助《きすけ》と市左の棲家《すみか》の、路地に面した縁側である。

「このめえみてえに、荷運び賃だけにしかならねえ話じゃ困るぜ。下高井戸《しもたかいど》くんだりまでよう」

「まあ、そう言うな。あれはあれで人助けになり、けっこうおもしろかったぜ」

また市左が言ったのへ、鬼助がたしなめるように言い、

「で、こんどはどんな夜逃げなんでえ。それとも駆落《かけお》ちかい」

あらためてお島に視線を向けた。

赤穂藩改易《あこうかいえき》から八月《やつき》が過ぎようという、元禄《げんろく》十四年（一七〇一）の霜月《しもつき》（十一月）も下旬に入った、真冬の夕刻である。縁側には夕の日差しがまだある。

小間物の行商から戻って来たお島が、

「――ちょいといい話、聞き込んで来たよ」

と、縁側に荷を降ろし、腰を据えたのだ。

鬼助と市左がそこへあぐらを組んでいる。

「はいな。そのどっちもさ」

お島は自信ありげに返し、

「馬喰町《ばくろちょう》の干物《ひもの》問屋さ。そこのお手代《てだい》さんとお女中さん」

「えっ、馬喰町なら近くだぜ」

市左はその気になったように応《こた》えた。商家の奉公人なら、喰いつめ者の夜逃げよりもいい品が入り、利鞘《りざや》も多い。そこに駆落ちが加わっているとなれば、一度に二人分で、見倒屋《みたおしや》にはますますいい仕事となる。

それに馬喰町といえば、いま話している棲家の枝道から大伝《おおでん》馬町《まちょう》の通りへ出て、両《りよう》国広小路《ごくひろこうじ》へ向かう途中の町だ。

「で、なんというお店《たな》だい」

「馬喰町一丁目の上州屋《じょうしゅうや》さんさ。知ってるだろう、あの大きなお店」

「あっ、知ってる。通りに面して暖簾《のれん》を張って。そうそう、最近、暖簾も二階屋根の看板も新しくなったぜ。店を拡張するような勢いが感じられるが」

「そりゃあ代が替わって、やる気満々のお店さ」

お島と市左のあいだで話が進んでいるなかへ、

「待ちねえ」

鬼助が口を入れた。

「どうしたい。兄イも知ってるだろよ。両国へ行くとき、いつもその前《めえ》を通っているじゃねえか。このめえも、看板が大きくなったなあって話してた、あそこだぜ」

「だからよ、そんなところの奉公人がなぜ夜逃げ？　もし、あと味の悪いものになりゃあ、あの前を通りにくくならあ。お島さん、そこんとこはどうなんでえ」

鬼助はお島に視線を据えた。

「どうって、なにがさ」

「さっきあんた、夜逃げと駆落ちの両方だって言ってたなあ」

ていうような」

「まさか、番頭とご新造《しんぞ》の道行《みちゆ》きってんじゃねえだろうなあ。店の金を持ち出してっ
「はいな」

「そこはご心配なく。さっきも言ったでしょう。男はお手代さんで、女は店の女中さ
んさ。そんな道ならぬ道なんかじゃありませんよう」

「なおさらおかしいじゃねえか」

「どこが」

市左が問いを入れた。

鬼助は市左とお島の顔を交互に見ながら、

「手代と女中ならよ、旦那か番頭に話して、晴れて夫婦《めおと》になりゃあいいじゃねえか」

「あ、そういやあそうだ」

市左も、鬼助の疑念に得心した。

鬼助はふたたびお島に顔を向け、

「それを駆落ちだの夜逃げだのと、なにか問題《わけ》ありじゃねえのかい。そこんとこの事
情、聞いていねえかい。あとで揉め事に巻き込まれるなんざご免だぜ」

「そんなの知りませんよ。あそこのお女中さんたちがあたしのお得意でねえ。きょう

商《あきな》いのとき、おチカさんからどこかそういうところ知らないかって相談されましたのさ。それで知ってるって話し、それをいまここで話してんじゃないか。うまく行きゃあ、あたしの割前《わりまえ》、忘れないでよねえ」

「それは心配すんねえ」

市左が応えたのへ鬼助はさらに、

「そのお女中、おチカさんていうのか」

「あい。お手代さんのほうは平七《へいしち》さんといって、この人もあたしゃ知ってるよ」

「ふむ、平七におチカか。この話、まえもって二人に事情を聞いておく必要がありそうだ。なあ市どん、あしたにでもお島さんと一緒に。いいかい」

「そりゃあよござんすけど。あ、陽が落ちそう。早く長屋に帰らなくっちゃ」

お島は言うと、

「よいしょ」

長屋は路地奥のすぐそこなので、腰を上げると行李《こうり》の荷を抱えこんだ。

縁側にはまだ日差しがある。

「兄イ、考え過ぎだぜ。聞けばすぐ動く。これが見倒屋だぜ」

「だがよ、あした一日待っても遅くはねえだろ。お島さんも、そう切羽《せっぱ》詰まった言いようではなかったから」

「まあ、そんな感じだったが」

と、ともかくあした、お島と一緒に上州屋へ探りを入れることにした。

二

翌朝お島が、

「どお、準備できてる？」

雨戸の開け放された縁側に、白い息とともに声を入れた。

「おう」

と、鬼助も市左もすでに身支度《みじたく》をととのえていた。股引《ももひき》に腰切半纏《こしきりばんてん》を三尺帯で決めた職人姿である。これが何をするにしても一番動きやすいのだ。

市左はさっき、朝のけじめにと開けたばかりの雨戸を閉めにかかった。深川《ふかがわ》で無頼《ぶらい》を張るまえは三田《みた》の伊皿子台町《いさらごだいまち》の呉服屋の若旦那だっただけに、見倒屋渡世《とせい》をしていても日々の生活は実に几帳面《きちょうめん》だ。

「おう、待たせたな」

と、おもてに出ると大八車の轅《くびき》に入った。

朝っぱらから見倒しの仕事に出るわけでもないのに、なぜ大八車を牽《ひ》くのか。鬼助の発案だった。昼間なら、職人姿で大八車を牽いておれば、どこで誰と何を話そうが、仕事の途中のようで他人《ひと》に怪しまれることはない。

それにもう一つ、荷台の下に木刀をくくりつけている。浅野家改易《あさのけかいえき》まで、鬼助は十五の歳から二十年間、いちずに堀部《ほりべ》家の中間《ちゅうげん》だった。その習性か、どこへ行くにも中間用の木刀を身につけていなければ落ち着かない。しかし職人姿に木刀は似合わないばかりか、奇異にも思われる。そこで木刀一本のために大きな大八車を牽いているのだ。腰に差していなくても、すぐ身近にあるだけで気が休まる。その木刀は浅野家改易で堀部家を出るとき、安兵衛《やすべえ》から餞別《せんべつ》にもらったものだった。

轅に入った市左が牽き、その横に鬼助が轅《ながえ》に手をかけて歩を取り、車輪の音の響くうしろに、お島が行李の荷を背負ってついている。

市左が首をふり返らせ、

「どうでえ、上州屋まで乗って行くかい。らくちんだぜ」

「いやですよう、病人じゃあるまいし。恥ずかしい」

「だったら背の荷だけでも乗せれば」

鬼助が言ったのにも、

「紅《べに》の入った貝殻《かいがら》がすれて傷などついたら、古物のように見えちまいますよう」

と、それも断わった。針《はり》や鋏《はさみ》などの縫い物道具のほかに、庶民向けの紅や白粉《おしろい》に安い櫛《くし》や笄《こうがい》などを売っている。だから得意先は長屋の女衆や商家の女中、武家の女中たちで、路地裏から商家や武家屋敷の勝手口にも入り、そこの女たちからいろいろなうわさを聞けば、逆に町のうわさの伝搬《でんぱん》役にもなる。

そうしたなかに、夜逃げや駆落ちや、なんらかの事情による急な引っ越しの話なども耳にすることがよくあるのだ。それを市左と鬼助に伝えれば、二人が大八車を牽いて駈けつけ、家財を見倒して安く買い取る。お島にもいくらか割前が入る。ときによっては緊急を要する場合もあるが、どうやら上州屋の平七とおチカの場合は、まだ〝らしい〟ということで緊急性はないようだ。

話しているうちに大伝馬町の通りに出た。日本橋から伸びている神田《かんだ》の大通りと両国広小路を結ぶ通りであり、まだ朝のうちというのにすでに往来人や大八車や荷馬が出ている。いましがたも急ぎか、荷を満載した大八車がカラの車を牽く市左たちを、車輪の響きに土ぼこりを上げ追い越して行った。

前方に干物問屋上州屋の暖簾と看板が見えてきた。

あらためて見ると、やはり暖簾は新しくなり、屋根の看板も大きくなっている。おもてを見ただけでは、新装開店の感じさえする。

市左が車輪の音のなかに低い声を入れた。

「あそこの手代と女中が手に手を取って、駆落ち？」

「な、どこかみょうに感じるだろが」

鬼助は歩を踏みながら低く返した。

うしろからお島が、

「それじゃ、このあたりで待っていてくださいな。おチカさんか平七さんに声をかけて来ますから」

言いながら大八車の前へ出て、そのまま上州屋に向かった。

市左と鬼助は通りの脇に大八車を停めた。

お島は上州屋の手前の路地に入った。勝手口がその奥にあるのだ。

かなり待たされ、市左が、

「まさか俺たちへのつなぎを忘れて、商いをやってやがるんじゃねえだろうなあ」

などと言ったところへ、荷を担いだお島が路地から出て来た。

急ぎ足で戻って来て、

「あんたたちのことを信用させるのに手間取ってさあ。もう十年もまえから伝馬町に腰を据えている見倒屋さんじゃない、お助け屋さんだと言って、ようやく得心させたのさ」

それで時間をとったようだ。

「おチカさんか平七さんのどちらかがすぐ出て来るから。やっぱり深い事情があるみたいで、じっくり聞いてやってくださいな。それじゃあたしは、商いに行くから」

と、その場を離れた。お島は熱心に取り組んでくれているようだ。

お店者《たなもの》か女中奉公の者が、仕事の途中に出て来るのだ。すぐにとはいくまい。

「ま、じっくり待とうぜ」

と、二人は人待ちかひと休みのように、大八車の荷台に腰かけた。すぐ近くに上州屋の表玄関が見える。

上州屋の商いはけっこう繁盛しているようだ。幾人かの干物の行商人が仕入れであろう、暖簾を入っては出て来て、小売りもやっているようで鍋や笊《ざる》を持った女たちの出入りもかなりある。いまも大きな箱のような風呂敷包みを背に、手拭を吉原《よしわら》かぶりにした男が暖簾から出て来た。

大八車を停めているほうへ近づいて来る。

店に疑念を持つと、さすがに市左は商家の出か、真価を発揮した。

「兄イ、ちょいと待っていてくれや」

と、ひょいと腰を上げると行商の男に近づき、

「すまねえ、兄さん。ちょいとよろしいかえ」

辞《じ》を低くして声をかけた。

「へえ、なんでございやしょう」

と、干物の行商人は荷を背負ったまま足を止めた。

「忙しいところすまねえが、あっしらご覧のとおり荷運び屋でして、へえ。そこの上州屋さんの外売りのお人とお見受けいたしやしたが」

「はい、さようですが」

と、相手も商人で腰が低い。

「上州屋さんはお見受けしたところ、看板も暖簾も新しくなってご繁盛のようでやすが。いえね、あっしら新たな荷運びの仕事がねえかとまわっておりやして、へえ」

運び屋なら商いに忌敵《いみがたき》は感じない。

「さようで」

と、干物の行商人は親切になり、

「それがどうもみょうなので。そう見えても、新しい仕事があるかどうか」

真剣な表情で言葉を濁した。

「みょうとは?」

「それは、まあ、どういうか、新たに動き出しそうな、そうでもないような、どうもみょうなので」

「どんな風に?」

「そう訊かれても、こんな風にと答えようはありやせん。三月《みつき》ほどまえに、代替わりしなさってからですよ」

「そうですかい。いや、これはお手数とらせやした」

なおも辞を低くする市左に行商人も、

「へえ、どうも。お役に立てませんで」

と、鄭重《ていちょう》なもの言いで、通りの人のながれに入って行った。

「兄イ」

と、ふり返った市左に鬼助は腰を上げ、

「さすがは市どん。大《てえ》したもんじゃねえか。あの行商人さん、嘘を言っているようにはみえねえ。やっぱり上州屋は」

「そう。あっしもそれをはっきり感じやした」

二人が立ったまま話しているところへ、

「おっ、おいでなすった」

と、上州屋から出てさりげなく近づく、前掛を締めた実直そうな男がいた。

男は大八車に視線をながしてから声をかけて来た。

「あのう、お島さんのお知り合いの、市左さんと鬼助さんでございましょうか」

やはり手代の平七だった。腰が低い。

「さようで」

市左が返すと平七は、

「ここじゃなんでございます。きょう夕刻にも手前のほうからお伺いいたしてよろしゅうございましょうか。お島さんから、伝馬町の百軒長屋でホトケの市左さんと訊《き》けばすぐわかるから、と聞いております」

「さようですかい。だったら家のほうで待たせてもらいまさあ」

商いの話になると、やはり鬼助よりも市左が中心になる。それに〝ホトケの市左〟とは、市左が百軒長屋の界隈《かいわい》で自称している二つ名である。

「申しわけございません。それではのちほど」

と、平七は丁寧に辞儀をすると、急ぐように店に戻った。

市左とおなじ、三十がらみの、いかにもお店者といった印象を受けた。

「悪い男には見えねえ。やはり店のほうに問題《わけ》がありそうだなあ」

「そのようで。で、夕刻まで時間がたっぷりありやすが、どうしやす」

「ふむ、そうだなあ。この寒さを吹き飛ばしに本所《ほんじょ》三ツ目に行ってみるか」

「ほっ、そいつはおもしれえ。そんなら、さっそく」

市左はまた軛《くびき》に入った。

朝の白い息はもうなくなっていたが、やはり空気は冷たく、じっとしていては手足がかじかむほどである。

三

鬼助の言った本所三ツ目とは、堀部安兵衛の開いている道場のことである。

大川《おおかわ》(隅田川《すみだがわ》)に両国広小路から架かる両国橋を東へ渡り、河岸を下流の永代橋《えいたいばし》へ行く途中に掘割《ほりわり》の竪川《たてかわ》が大川に流れこんでいる。その竪川に大川の河口から順に一ツ目橋、二ツ目橋、三ツ目橋と橋が架かり、橋の名がそのまま竪川両岸の地名になっている。

三ツ目橋は大川に注ぎこむ河口からまっすぐ十五丁（およそ一・七粁《キロ》）ほどで、その橋の手前で、竪川から離れるように枝道を曲がったところに、その道場はある。

反対側の北岸の二ツ目には吉良《きら》邸がある。その地形から、鬼助は堀部安兵衛がそこに道場を構えた意図を汲み取っていた。だが、それを舌頭《ぜっとう》に乗せることは断じてなかった。市左もそれとなく感じ取っており、間接的ながらそのような動きと関わりのあることに生きがいを感じている。

「兄イ、どの道を」

「永代橋から行こう」

「がってん」

軛の市左は両国広小路に入らず、大伝馬町の通りから南への枝道に曲がった。下流の永代橋まで迂回《うかい》するのだから、本所三ツ目へ行くにはかなりの遠まわりとなる。それを上州屋の暖簾の中から平七が凝《じ》っと見ていた。枝道に入った大八車は、いずれか荷運びの得意先へ行くように見えたことであろう。

両国橋を渡って竪川沿いに行くのが一番の近道だが、それでは吉良邸のある二ツ目を通ることになる。二人は吉良邸にも荷運び屋として出入りがある。

運び屋どころか、浪人から吉良に家臣として取り立てられた加瀬充之介《かせみつのすけ》を通して、新規抱えの浪人者の身状調《みじょう》べを請け負《う》《お》っているのだ。近くを通って見知った顔と出会わぬとも限らない。

永代橋を渡り、竪川に沿った往還に出ることもなく、道場の前に大八車を停めた。

聞こえてくる。

「おぉう。やりなすってる、やりなすってる」

と、その音だけで鬼助の頬《ほお》は、寒いなかにたちまち血色を帯びてくる。

竹刀《しない》の打ち合う音だ。安兵衛が中心となり、横川勘平《よこかわかんぺい》がいる。木村岡右衛門《きむらおかえもん》がいる。そのほか道場に住みついている毛利小平太《もうりこへいた》ら四人、そこへ松井仁太夫《まついじんだゆう》こと不破数右衛門《ふわかずえもん》のかけ声も聞こえてきた。数右衛門とは市左もすでに昵懇《じっこん》である。

鬼助が道場に入るなり安兵衛が、

「おぉう。来たか、来たか。さあ、立ち合え」

と、道場のまん中へ招じ入れられる。鬼助ももとよりそのつもりで、大八車の荷台にくくりつけていた木刀を手にしていた。

数右衛門や勘平らも、

「さあ、きょうは誰と打ち合うぞ」

声をかけてくる。

鬼助の得物《えもの》はなんといっても長い竹刀よりも、脇差《わきざし》ほどに短い木刀である。それを手に身構えたとき、打込んで来る竹刀を払うなり素早く対手《あいて》のふところに飛びこみ、胴を打つのを得意とした。脇差仕立ての木刀しか持てなかった中間《ちゅうげん》の鬼助のために、安兵衛が考案した剣法である。

それを体得した鬼助は安兵衛には敵《かな》わないものの、数右衛門とは互角に打ち合い、勘平や岡右衛門らには常に勝ちを取っていた。

それらの打ち合いを、

「す、すげえ！」

と、隅で見ていた市左も、

「おまえもやれ」

と、数右衛門に引っ張り出され、竹刀を手にした。しばらく深川で無頼を張っていて、喧嘩《けんか》剣法で脇差を振りまわしたことはあっても、心得のある武士を相手にしたのではかなわない。

「うえっ」

「ぐえっ」

と、肩を打たれ、胴を取られ、仰向《あおむ》けに顚倒《てんとう》し、汗だくになった。

「痛っ」

小休止に入った。

市左が荒い息でひっくり返っている横で鬼助は、

「きょうは高田郡兵衛《たかだぐんべえ》さま、お見えじゃありませんねえ」

と、安兵衛や数右衛門らに訊くでもなく話題にした。

「そうじゃ、しばらく来ておらん。寂しいのう。数右《かずえ》、なにか聞いておらんか」

「なにも聞いておらん。どうしたのかのう。体でも悪うしておるのではないか」

安兵衛の問いに数右衛門が応えると、

「もう一月《ひとつき》以上もまえのことになるが、ちと体の具合が悪うてなどと言っていたが、それかなあ」

「ふむ、それは心配だ。俺たちは体こそ大事にしておかねばならぬゆえなあ。鬼助、いちど芝《しば》に足を伸ばし、のぞいてみてくれぬか」

毛利小平太が言ったのへ安兵衛が返し、頼まれた鬼助が、

「心得ました」

応《こた》え、高田郡兵衛の話題はそこで終わった。

高田郡兵衛といえば、内匠頭《たくみのかみ》切腹の夜、安兵衛らとともに遺体を高輪《たかなわ》の泉岳寺《せんがくじ》に埋葬し、その場から呉服橋《ごふくばし》御門内にあった吉良邸に打込もうとし、さらに大石内蔵助《おおいしくらのすけ》の決起をうながそうと赤穂まで出向くなど、浅野家臣のなかで最も急進的な一人で、老齢で慎重な堀部弥兵衛《やへえ》などが、跳ね上がりはせぬかと心配している人物である。

安兵衛が道場を開いてからもたびたび顔を出し、槍の達人でその激しい稽古に毛利小平太らは辟易《へきえき》したものだった。

鬼助と市左が道場を出たのは午過《ひるす》ぎだった。

「イテテ」

と、市左は肩や腰をさすりながら荷台に乗り、それを鬼助が、

「あははは。ずいぶん痛めつけられたなあ」

と、軛に入って牽いている。

鬼助は道場を出たとき、その足で浜松町《はままっちょう》へ行く算段だった。高田郡兵衛は芝通町《しばとおりまち》の裏長屋に暮らしており、近くには赤埴源蔵《あかばねげんぞう》や矢田五郎右衛門《やだごろうえもん》らも住みついている。

だが足腰の立たなくなった市左が一緒では、

(あしたにするか。きょうはこのあと、上州屋の平七が来ることだし)

と、伝馬町の棲家へ帰ることにしたのだった。

帰りもやはり永代橋を渡り、本所二ツ目を大きく迂回していた。

「それにしても兄イはすげえや。松井の旦那と互角で、毛利さまたちを打ち負かしていたのだからなあ。痛《いて》っ」

荷台で市左は言っている。車輪が石に乗り上げたようだ。

外では鬼助も市左も、不破数右衛門を松井仁太夫さまと変名で呼んでいる。数右衛門が外で変名を使っている理由を知っているからだ。

伝馬町の棲家に戻ったのは、午《ひる》をかなりまわった時分になってからだった。

以前なら市左は本所三ツ目に行けば、巷間《こうかん》に〝高田馬場《たかだのばば》の決闘〟で知られた安兵衛に会えるというので、嬉々《きき》として鬼助について行ったものだが、きょうばかりは棲家に帰り着くなり、

「兄イ。俺、本所はもうご免だ」

と、腰をさすりながら奥の居間でひっくり返ってしまった。

「あははは。いままでは家士のお方らが道場に引っ越すのを手伝う荷運び屋だったが、きょうは町人ながら仲間として遇《ぐう》されたってわけさ」

「お仲間として？　そ、そりゃあ、ありがてえが。イタタタ」

市左は上体を起こそうとしてまた腰をさすった。

「まあ、養生《ようじょう》していねえ。上州屋のお手代さんが来なさるころには、痛みも収まっていようよ」

「ああ、それそれ。やっぱりあのお店《たな》、なにやら臭うぜ。イテテテ」

「だから、ゆっくりしていねえ」

話しているところへ、玄関に腰高障子を開ける音が立ち、つづいて男の訪《おとな》いの声が居間のほうまで入って来た。

「ん？　上州屋にしては早いぜ。声も違うようだ」

鬼助が立ち、縁側になっている廊下から玄関に出て驚いた。

「これは高田さま！」

と、玄関の土間に立っているのは、午前中、本所の道場で話題になったばかりの高田郡兵衛だったのだ。

「なにゆえかような所へ。ここがようおわかりになりましたなあ」

鬼助は言いながら、板敷きに端座《たんざ》の姿勢を取った。

松井仁太夫の不破数右衛門なら、神田明神下《かんだみょうじんした》の長屋から本所三ツ目へ行くのに途中なのでよく顔を見せる。きょうも帰りに来るかもしれない。

だが、郡兵衛が来るのは初めてだ。

「いやあ。まえに一度、この場所を聞いたことがあるでのう」

「さようでございました。ここじゃなんです。さあ、むさ苦しいところですが、お上がりになってくださいまし」

鬼助は腰を浮かせ、手で廊下の奥を示した。奥といってもふた間《ま》しかなく、玄関の板敷きに面した手前の部屋は見倒した品の物置に使っており、奥の居間には市左がひっくり返っている。道場で痛めつけられたのだから、それも話題になるだろう。だが郡兵衛は、

「いやいや、ちょいと立ち寄っただけでな。ここでよい」

と、草履《ぞうり》を脱ごうとしない。いで立ちは、いつも無精《ぶしょう》な百日髷《ひやくにちまげ》で筒袖《つつそで》によれよれの袴《はかま》といった、いかにも年季の入った浪人姿の不破数右衛門と違い、きちりとした髷《まげ》に羽織袴《はかま》を着け、歴とした武家姿でとても浪人には見えない。

「さようでございますかい」

と、鬼助はいくらか不快な思いで返したが、郡兵衛が上がろうとしなかったのは、そこが武士には似合わない所といったような理由からではなかった。

郡兵衛は土間に立ったまま、世間話でもするような口調で、

「おまえなら、いまでも弥兵衛どのの隠宅や安兵衛どのの道場に顔を出しておるじゃろ。みんな息災《そくさい》かのう」

「息災かのうじゃありやせんぜ、旦那。きょうも午前中、道場に参《めえ》っておりやした。皆さま、心配しておいでございやしたよ。高田さまにはしばらく道場に見えられねえもので、病気じゃねえかって。で、お体のお具合は？」

鬼助は郡兵衛の表情からつま先までじろりと見た。これといって悪いところはなさそうだが、以前あった覇気《はき》が感じられない。

（はて？）

と、内心疑問を感じながら返答を待つと、

「ふむ、病気か。そうでもないが、まあ、そうかもしれん」

郡兵衛はあいまいな言い方をし、

「で、弥兵衛どのは、いまも両国米沢町《よねざわちょう》のあの隠宅かな。それを訊きに来たのじゃ」

「だったら、ここからそう遠くはありやせん。ご自分で行かれたら。まあ、弥兵衛さまは奥方の和佳《わか》さま、安兵衛さまご内儀の幸《さち》さまと一緒に米沢町にお暮しで、安兵衛さまもときどきお帰りになっておいでのようでやすが」

「ふむ、さようか。それだけわかれば、もういいのだ。もし引っ越しておいでなら、その場所を訊きたいと思うてな。いや、じゃまをした」

言うときびすを返した。

「あ、高田さま、お待ちを。なにか仔細《しさい》でもおありで？」

「いや、いいのだ」

鬼助が問いかけたのへ、郡兵衛は背を向けたまま手をわずかに上げ、玄関の敷居をまたいでうしろ手で腰高障子を閉めた。

鬼助はそれを目で見送り、

「はて？」

と、首をかしげた。弥兵衛も浪人であれば、以前の隠宅を引き払い、いずれかに浪宅を構えていてもおかしくはない。だが、それをわざわざ鬼助のところへ確かめに来たのは、尋常《じんじょう》ではない。

居間にも聞こえていたか、

「どうしやしたんかねえ」

と、市左も怪訝《けげん》な表情になっていた。

（あしたにでも弥兵衛さまに）

その必要をなにやら、鬼助は感じていた。

きょうはこのあと、上州屋の平七が来るのを待たねばならない。上州屋のすぐ近くで干物の行商人が言った〝三月ほどまえに、代替わりしなすって〟が、時間を経るにつれ大きく気になりはじめていたのだ。

四

陽が西の空にかなりかたむいた。

「市さん、鬼助さん。いますかあ」

明かり取りの障子の向こうから入ってきた声はお島だ。

「おう。うっ、まだ痛えや」

言いながら市左は畳を這《は》い、障子を開けた。

お島は背の行李を縁側に降ろしながら、

「で、あのあとどうでした？　えっ、どうしたんですか？　市さん」

「ああ。きょうはあのあと、市どんにはちょいと重い物を持ってもらってなあ」

鬼助が言いながら縁側に出て腰を下ろした。毎日会っているお島とはいえ、道場のことは知っていても、それが浅野家臣の堀部家であったことまでは知らない。故意に伏せているのだ。知っているのは市左と、ときおり来る南町奉行所の定町廻《じょうまちまわ》り同心小谷健一郎《こたにけんいちろう》だけである。

「そんなにくたばるまで重い物を？　いったいなにを担いだの。それよりも出て来たでしょ。おチカさんだった？　平七さんだった？」

「ああ、平七どんだった。しかし、どうもみょうだ。お島さん、なにも聞いていねえのかい。上州屋が代替わりしたっていうことも」

鬼助が言ったのへお島は、

「ああ、代替わりは聞いている。番頭さんも代わったって。おチカさんと平七さんが夜逃げしたがっているの、そのあたりに関係があるのかもしれないけど。この話、お店の他の人にはまったく内緒だから、そのつもりでね」

「わかってらあ。まわりに内緒だから夜逃げっていうんだ」

市左が、首だけ縁側に出して言い、言葉をつづけた。

「だからだろう、きょうこのあと平七どんがここへ来ることになっているんだ」

「やっぱり、お店の誰にも知られたくないんだ。ともかく力になってあげてね」

お島は言うと、

「さあ、明るいうちに夕飯のしたくをしなくっちゃ」

と、行李を抱えこむように持ち上げた。

鬼助は居間に戻って障子を閉めると、

「店の者にも内緒か。だからだな、道端で話しているとき、どうも落ち着きがなかったのは」

言いながらまた畳に腰を据え、平七の来るのを待った。

玄関に遠慮気味な訪《おとな》いの声が入ったのは、陽が落ちてからだった。外を歩くには、そろそろ提灯《ちょうちん》が必要となっている。平七はやはり人目を忍んで出て来たようだ。

鬼助たちは縁側の雨戸も閉めず、玄関には灯りが外からも見えるように、火を入れた行灯《あんどん》を板敷きに出していた。

「おぉう」

と、市左が立って玄関に出迎えた。ゆっくり休んで痛みはかなり引いたようだが、まだ腰をさすっている。

灯りの入った居間に、三人は三つ鼎《みがなえ》に座ったが、平七は行儀のいいお店者らしく端座の姿勢を取っている。

「さあ、遠慮は要《い》りやせんぜ。足を楽にしてくだせえ」

鬼助が言ったのへ、

「はい。それじゃお言葉に甘えまして」

平七は足をあぐらに組み替え、

「いやあ、これで信用しましたでございます」

寒いなかを来たせいもあってか、玄関を入ったときには緊張した表情だったが、部屋の長火鉢には炭火も入っており、くつろいだような笑顔になった。

市左もそれに合わせ、

「なんですかい。昼間は信用していなかったのですかい」

「いえ、決してそんなわけではありません。ただ、見倒屋さんといえば、居場所もわからない胡散臭《うさんくさ》い人と思っていたのですが、お島さんの言ったとおり、こうして一軒を構えていらっしゃる」

「あはは、そりゃそうだ。お島さんはほれ、そこの縁側の向こうの路地を入った長屋だ、なんならいまから呼びやしょうか」

「いえ、それには及びません。実は昼間も私、一度この近くに来たのでございます」

「ほう。物見《ものみ》ですかい」

鬼助が言った。

「いえ。物見などと、滅相《めっそう》もございません」

平七は顔の前で手の平をひらひらと振り、

「所用で近くまで来たついででして、小僧が一緒だったもので立ち寄ることができなかっただけでございます。ただそのとき、大通りから百軒長屋への枝道に入ったところで、奉行所のお役人を見かけ、思い切って〝ホトケの市左〟さんのお住まいをご存じあるまいかと訊《たず》ねたのでございます」

「ほう、ホトケの市左ねえ」

市左は満足そうに返し、平七はつづけた。

「するとお役人は、ホトケかどうかは知らねえが、それらしいのなら二人いるぜ、とこの場を教えていただいたしだいでございます。奉行所のお役人がそのようにこころよく教えてくださる。胡散臭い見倒屋なら、こうは参りません。それだけでもお二人が信用できるという手証《てしょう》になります」

「ほう。その役人というのは、背がすらっと高くって、それとは逆で背の短《みじけ》え岡っ引を連れていやせんでしたかい」

「はい。そのとおりで」

鬼助の言ったのへ平七は返し、市左が、

「やっぱり兄イ、小谷の旦那と千太《せんた》の野郎だぜ。だったらなんでここへ寄らなかったんだろうねえ」

「ま、あの旦那は定町廻りだから、市中見まわりだったのだろう。用がありゃあまた寄りなさるだろうよ」

「やはり八丁堀《はっちょうぼり》の旦那もここにお出入りを……。これはますます信用できますでございます」

座の雰囲気はやわらいだものとなり、平七の表情からもそれは看《み》て取れた。小谷同心の存在が、意外なところで役に立ったものである。

鬼助は咳払いをし、

「ところで、お島さんの話じゃ平七さん」

と、平七に視線を据えた。

「おチカさんとかいう女中さんと、秘かに店を出ようとしなすっているとか。むろん俺たちは見倒屋で、お手伝いはさせていただきやす。したが、うわさでは上州屋さんは三月《みつき》めえに代替わりしなすって、それで商舗《みせ》の看板と同様、攻めの商いに転じなさったとか。そこをなんで逃げようなどと。差しつかえなければ、お聞かせ願えやせんか。いえ、疑っているわけじゃござんせん。ただ、あっしらもこころよく仕事がしたいと思いやしてね」

横で市左がしきりにうなずいている。

「それ、それなんです！」

鬼助が言い終わるのを待っていたように平七は声を荒げ、

「攻めの商いなんて、とんでもありません！」

鬼助と市左がびっくりするほどの、実直なお店者にしては激しい言いようだった。

「ほっ、やっぱり裏に理由《わけ》がありそうでやすねえ」

「聞かせてもらいやしょうか」

市左が言ったのへ鬼助がつなぎ、平七はそれを受け、

「三月まえに代替わりした話は本当でございます」

語り始めた。

先代は良兵衛《りょうべえ》といった。死んだわけではなく、せがれの良之助《りょうのすけ》がもう一人前になってくれたからと隠居し、静かで風光明媚《ふうこうめいび》な根岸《ねぎし》の里《さと》に小さな隠宅を構えて引っこんでしまったのだ。それが三月まえらしい。

「それからでございます。若旦那、いえ旦那さまは暖簾を新しくして〝上州屋本家〟

と大きな文字を入れ、屋根に出している看板もその文字でひとまわり大きなものに変えられ、これからは馬喰町の商舗を上州屋の本家として、江戸のあちこちに分け店《わみせ》を出すと」

「そう言ったのですかい、良之助旦那は」

「はい」

「いいことじゃねえですかい。そういやあまえの看板には〝本家〟の文字はなかったが、あたらしいのにはそうありやしたねえ。ふむ、代が替わったところで商いを拡張する。良之助とかいう若旦那は、その意気込みをさっそく看板にあらわしなすった、と」

　市左が問うように言ったのへ平七は、

「最初はそう思いました。ところが、一向にその気配はなく、準備が進んでいるようすもありません。それればかりか、古くからいた番頭さんを、年寄りは前向きな姿勢がないからと、不意に暇《ひま》を出されたのです」

　やはり商いの話になれば、鬼助よりも市左が中心になる。

「まあ、古くからいる番頭さんてのは、代が替わったときには煙たがられるものだ。そこが商家の難しいところだが、いきなり暇とは性急な」

「はい、そうなんです。それ以上に私が驚いたのは、店の内所《ないしょ》でした。番頭さんは店をお出になるとき私をそっと呼び、告げられたのです」

「なんて」

「店はいま三百両ほどの借金がある、と。これまで上州屋は干物の買掛《かいかけ》以外に負債などこしらえたことはなく、堅実な商いをして信用を得ていたのです。それがいきなり三百両もの負債など、ただもう愕然としました」

「三百両か」

大金である。それだけあれば分け店の二軒や三軒、すぐにも開《ひら》ける額だ。当然借金はそれが名目で、貸すほうも上州屋だから信用して用立てたのだろう。

「それで分け店はかけ声だけで、準備もしていねえとはおかしいじゃねえか」

鬼助が問いを入れ、市左もうなずいていた。

平七の話はつづいた。

「はい、おかしゅうございます。番頭さんは心配され、それを相談しに根岸のご隠宅に大旦那さまを訪ね、借財のことを話されたのでございます。それが若旦那、いえ良之助旦那にばれたのが直接の原因となって、番頭さんは暇を出されなさったのでございます」

「分け店のこと、大旦那はご存じなかったので？」

「はい。借金の件も、私は番頭さんから聞かされ、初めて知った次第ですから。そればかりではありません。番頭さんがいなくなると、この人は頼りになるから、と見知らぬ男を連れて来て、番頭格だといってその人に帳場を任せてしまいました」

「頼りになるといっても、新参者に帳場を預けるなどみょうだなあ」

「はい、みょうでございます。そればかりか、私どもは気がつかなかったのですが、良之助旦那は外に女がいたのです。番頭さんがいなくなってからすぐ、奥女中として奉公してもらうことになった、と私ども奉公人に引き合わせ、その日から女はまるで良之助旦那の女房のような生活に入り、奥の差配をするようになったのです。おもての差配は番頭格の男がとっております」

「平七さんがその番頭格と女房のような奥女中を、男だの女だのと言って、いい感情を持っていなさらねえことはわかるが、名はなんというんですかい」

「はい。番頭格の男は勝蔵《かつぞう》といい、女は華《はな》といっております」

「ん？」

と、相手の名が出たところで、市左は小さな声を洩らした。だがそれは、鬼助も平七も気づかないほどのものだった。

鬼助がすぐにつづけた。

「ふむ。事情はおよそ解《わか》りやしたが、それで女中のおチカさんとやらと手に手を取って店を出ようなんざ、あんたもちと性急過ぎやしないかね。上州屋の手代という地位も仕事も捨てることになるんですぜ」

見倒屋らしからぬ言葉である。

「いえ、見たのです」

返した平七の口調は、強い響きを含んでいた。

「干物小売りの得意先まわりをしているとき、たまたま通った両国広小路のなかでした。勝蔵さんとお華さんが、茶店から出て来たのです」

「えっ、二人で？」

「いえ。あと遊び人風の男が三人ばかり。そのとき、私の目には勝蔵さんもお華さんも、とうてい堅気《かたぎ》には見えませんでした」

「どういうことですかい」

鬼助が問いを入れたのへ、

「あっ、思い出した」

市左の大きな声が割って入った。

薄暗い行灯の灯りのなかに、鬼助と平七の視線が市左に向けられた。

市左は二人の視線に応えた。

「その勝蔵って野郎、鷲《わし》っ鼻《ぱな》で目の細い男じゃありやせんかい」

「は、はい。そのとおりです」

「やっぱりそうですかい。いえね、さっき勝蔵って聞いたとき、どうも聞き覚えのある名で、平七さんが堅気には見えねえとおっしゃったもんで、それで思い出したんでさあ。ほれ、兄イ。あっしが深川にいたころ、深川八幡の門前町で与太《よた》っていたやつでさあ。なんでもどこかの商家で手代まで行って、そこで失策《しくじり》か不義理をやって暇を出されたってえ男でさあ。あっしより十ほど年を喰っていやがったから、いまは四十がらみってとこでやしょうか」

「そうです、そうです。四十がらみです」

平七が相槌《あいづち》を打つように言ったのへ、市左はつづけた。

「野郎、口八丁で頭の回転の速《はえ》え奴でした。そうそう、野郎には華っていう情婦《いろ》がいやしたぜ。色白で肉付きのいい……」

「そう、そうです。お華さん、確かに色白でふくよかな女《ひと》です」

「そうだ、思い出した。その勝蔵に若《わけ》え使《つか》いっ走《ぱし》りがついてやがった。小柄であぐらをかいたような獅子《しし》っ鼻《ぱな》のガキだった。もう二十五、六ってとこかな」

「そう、それです。松助《まつすけ》といいました」

「そう、そんな名だった。えっ、そいつも店に?」

「いえ。勝蔵さんがその獅子鼻をそう呼んでいたもので」

「詳しく聞きやしょう」

市左と平七のやりとりに鬼助が入り、あぐらのまま身づくろいをした。

平七の話は熱気を帯びてきた。

「そのとき私は見なかったふりをして、その場を通り過ぎようとしましたが、勝蔵さんと目が合ってしまいました。仕方なく軽く会釈し、通り過ぎました。そのときです。勝蔵さんに松助と言われた獅子鼻の若い者《の》が追いかけて来て……」

平七を呼びとめ、

「――勝蔵さんに世話になっている者だ。あんた、さっきの見なすったろう。店に戻っても、このことは誰にも言うんじゃござんせんぜ。言いなさると……」

と、自分のふところを軽くさすったという。

「はい、松助とかのふところには、その、刃物が入っているように感じました。私はもうわけがわからず、店に戻っても誰にも言いませんでした。そのあとお華さんがさきに帰って来て、私ににやりと嗤《わら》いかけ、奥に入っていきました。それからいくらか間を置いて勝蔵さんが戻って来まして……」

平七を誰もいない部屋に呼び、

「――近いうちに開く分け店を、おまえに任せようじゃないか。このことは決まるまで、良之助旦那にも誰にも黙っておけ」

と、いかにも内緒の話をするように言ったという。

「本来ならお店者として大喜びすることなのですが、勝蔵さんは分け店をどこにいつ開くか具体的なことはなにも言いません。良之助旦那に訊こうにも、黙っておけと言われたので訊くこともできません。それに松助という与太者風のふところに入っていたのが刃物だと思うと、なにやら恐ろしくなってきまして。番頭さんはもうおいでにならず、根岸の大旦那を訪ねようとも思いましたが、番頭さんがそれだけで暇を出されたことを思えばそれも恐ろしく……」

ひと息入れた。語った平七の表情は、行灯の灯りのせいではなく、実際に恐怖の色を刷《は》いていた。

「つづけなせえ」

「へえ」

　と、鬼助にうながされ、ふたたび平七は語りはじめた。

「店は知らぬ間に多額の借財をこしらえ、若旦那だった良之助旦那はお華さんに骨抜きにされ、帳場には勝蔵さんが座り、このままでは上州屋になにか途方もない恐ろしいことが起こるのではないか、と……。実は女中のおチカとは在所がおなじなもので、二人で将来を約束もしておりましたので、はい」

　はにかんだ表情になり、すぐもとの厳しい顔を取り戻し、

「大旦那にも前の番頭さんにも話をする手段《てだて》がすでになく、そこで二人で秘かに話し合いまして……」

「それで駆落ちの夜逃げかい」

　市左が言ったのへ、

「はい。店に恐ろしいことが起こるまえに、と。それで小間物屋のお島さんにそれとなく……。そのあと落ち着いてから、残った小僧や女中たちも望むなら、なんとかしてやりたい、と……」

「ふむ、事情は解ったぜ。いい心がけだ」

　鬼助がうなずくように言い、

「したが、そのようすじゃ、勝蔵とお華や松助たちの裏を洗うほうが先決のようです

ぜ。なあ、市どん」

市左に視線を向けた。しかし、やつらとは十年も会っていねえ。こいつはちと骨が折れるかもしれねえ」

市左が応えたのへ鬼助は、

「だからよう、こういうときにこそ俺たちゃ小谷の旦那の」

「あっ、それ」

市左は得心の声を上げた。

二人が小谷同心の隠れ岡っ引である件だ。

「なんのことで？」

「いや、なんでもねえ。あんた、すでに会いなすったろう。俺たちはこんな稼業だから、かえって逆に八丁堀の旦那とも、まあ親しいもんでね」

鬼助は平七に返し、

「ともかく、もう少し待ちなせえ。それでも夜逃げとなりゃあ」

「そう。俺たちが間違《まちげ》えなく、夜逃げの手引きをして差しあげまさあ」

市左がつないだ。

五

翌朝、商いに出かけるお島が、雨戸を開けた縁側から、

「どうだった？　上州屋の平七さんの話。来たんでしょう」

声を入れたのへ市左が縁側に立ち、

「ああ。またお島さん、ええ仕事を引き寄せやがったぜ」

「あら、そう。だったら見倒した品、金になりそうなんだ」

「なに言ってやがる」

「あとで目鼻がつきゃあの話さあ」

お島と市左のやりとりに、鬼助が居間から出てきて忙しそうに入った。

「そう。期待していますからね、割前《わりまえ》」

「てやんでえ」

行李の荷を背負い、路地を出るお島の背に市左は声を投げた。

「ま、これも成り行きだ」

と、二人はさっそくきょうの段取りにかかった。段取りといっても、外濠《そとぼり》城内の南

町奉行所につなぎを取り、小谷同心を呼び出すだけである。

ひと晩寝て、市左の足腰はほぼ元どおりに回復したようだ。その市左が出かけるまえにと雨戸を閉めようとしたところへ、

「おう、まだいたなあ」

と、路地から声を入れたのは松井仁太夫の不破数右衛門だった。百日髷《ひゃくにちまげ》によれよれの袴が似合っている。

「これは旦那。へへ、お早うございやす」

市左はきのうの稽古を思い起こしたか、また腰をさすりながら照れ笑いをした。

仁太夫の不破数右衛門は、神田川向こうの明神下の旅籠町《はたごちょう》の裏長屋に住まいし、町の旅籠《はたご》数軒の用心棒をしている。だから昼間は本所の道場へ出稽古に行っても、夕刻には帰っていなくてはならない。

伝馬町は神田明神下から両国広小路に行く途中であり、仁太夫の不破数右衛門は吉良方の誰にも顔を知られておらず、いつも両国橋を渡って道場に通っている。きょうも出稽古に行くようだ。

仁太夫は縁側の前に立ったまま、

「あはは。きょうは鬼助に用事ではなく、おまえを見舞いに来たのだ。きのうは大八

車に乗って帰ったようだが。どうだ、まだ痛むか」

「いえ、まあ、きのうは堪《こた》えやした」

「あはは。また来るがよい」

話しているところへ、職人姿の身支度をととのえた鬼助が居間から縁側に出て、

「これは松井の旦那、きょうも稽古で」

「ああ、そのつもりだ。おまえも暇なときにはまた来い。おまえが来れば、俺もやりがいがあるでのう。まあ、きょうは市左の見舞いに来ただけじゃで」

言うと仁太夫はくるりときびすを返した。

「あ、旦那」

鬼助は反射的に呼びとめた。きのう午後、高田郡兵衛が来たことを話そうとしたのだ。だが仁太夫が、

「ん、なんだ」

ふり返ると、

「い、いえ。なんでもねえんで。きょうも励んでくだせえ」

「それだけか。おかしなやつじゃ」

仁太夫はまた向きを変え、縁側から遠ざかった。

きのうの高田郡兵衛は尋常ではなかった。それに、安兵衛や仁太夫こと数右衛門らの朋輩《ほうばい》ではなく、弥兵衛老になにか直接用事があるようなようすだった。とっさに鬼助はそれを思い浮かべ、

(やはり弥兵衛さまに直接)

と、思いなおしたのだ。

「兄イ、やっぱり高田さまのことを?」

市左もそれを感じ取ったか、鬼助に言った。

「ん、まあ」

鬼助はあいまいに返し、

「それよりも小谷の旦那だ」

「そうでやすねえ」

と、二人は戸締りをし、外に出た。

外濠《そとぼり》城内の南町奉行所につなぎを入れ、鬼助と市左はいつものように街道の京橋《きようばし》に近い茶店和泉屋《いずみや》の奥の部屋で待った。行けばあるじが気を利かせ、言わなくても一番奥の部屋を用意し、手前は空き部屋にしておく。座敷というには簡素で板張りに板

戸の部屋だが、茶店ではそれだけ奉行所の同心に気を遣《つか》っているのだ。

霜月（十一月）の寒い時期なので、部屋には手焙《てあぶ》りが出され、炭火が入っている。

小谷同心が岡っ引の千太を連れ、

「おう、おめえら。俺を呼び出すたあ、隠れでもすっかり岡っ引稼業が身についたようだなあ」

言いながら二人の待つ部屋に腰を据えたのは、午《ひる》にかなり近い時分だった。

小谷が大小を腰からはずし、手焙りをまん中に三《み》つ鼎《がなえ》にあぐらを組むのを待っていたように鬼助が、

「へへ、旦那。気の向いた仕事しかしねえってことに変わりはありやせんぜ」

「ふふふ。そう言いながら、おめえらのほうからつなぎをつけて来たなんざ、気の向いた仕事があったからだろうが」

「へえ、図星で」

小谷が返したのへ、市左があぐらのまま上体を前にかたむけた。

千太は小谷のうしろで端座に座っている。

こたびの件には、思いも寄らず勝蔵や松助など、むかし懐《なつ》かしい名が出てきたこともあり、鬼助よりも市左のほうが熱心になっている。

上体を前にかたむけたまま市左は話しはじめた。

「きのう旦那が伝馬町のほうを千太を連れて見まわりなすっているとき、実直そうなお店者にあっしらの居所を訊かれたでやしょう。親切に教えてくだすったそうで」

「ああ、訊かれた。行ったたか。深刻そうな面《つら》してやがったが、おめえらの夜逃げの客かい。それにしちゃあ同心の俺に道を訊くたあ、みょうな野郎だぜ」

「へえ、そのとおりでやす。来やした。そのお店者、馬喰町の干物問屋上州屋の手代でやして。実は……」

鬼助はきのう一日の話をした。むろん、本所の道場に行った件は飛ばした。小谷は鬼助が元堀部家の中間《ちゅうげん》であったことは知っているが、いまも深く関わっていることを鬼助は小谷に伏せているのだ。だから小谷は松井仁太夫の顔は知っていても、それが元浅野家臣の不破数右衛門であることを知らない。

それよりもいまは上州屋である。

その話に、千太がいつの間にか端座の足をあぐらにくずし、三つ鼎のなかに首を入れていた。思いあたるものがあるようだ。

小谷が返した。

「なんだと。勝蔵とお華、こんどは馬喰町の上州屋に巣喰《すく》っていやがったのか」

「え、旦那。勝蔵やお華を知っていなさるので？」

「ああ。やつら喰逃げ屋だ」

「えぇえ！」

「やっぱり」

と、これには鬼助と市左のほうが驚くとともに、合点《がてん》もした。

もちろん小谷が言っている喰逃げ屋とは、町角でそばやうどんの喰逃げをする吝《けち》な話ではない。

小谷は語った。

ことしの始めごろというから、浅野内匠頭の刃傷《にんじょう》事件のすこしまえになる。神楽坂《かぐらざか》で小間物問屋が多額の借財をかかえて倒産し、あるじが首を括《くく》るという出来事があったらしい。むろん、奉公人らは路頭に迷った。

奉行所はその背景に事件性を感じ、探索の手を入れた。そこに小谷同心もいて、千太もあちこち使い走りをしたという。

「そこに浮上しやがったのが、さっき市左の言った勝蔵と華という与太とあばずれ女の名だ」

「えぇえ!?」

「そんなら、やつら常習犯？」

小谷の言葉に鬼助と市左はふたたび驚かされた。

千太も鼎座《ていざ》のなかへ首を入れるはずだ。

調べると、勝蔵とお華は以前にも似たような喰逃げを幾度かやっており、そこに脅しもなければ殺しもなく、きわめて巧妙なやり口だった。

「つまりよ、名は上がってもどこへ雲隠れしやがったか行方がさっぱりわからねえ。……そうか、それが馬喰町に出て来やがったか。おい、市」

「へい」

「おめえ、そいつらの面《つら》、見ればわかるな」

「もちろんでさあ。十年前《めえ》でござんすが、そう変わっちゃいめえ。それにあと数人いるというやつらのなかにも、知った顔があるかもしれやせん。こいつは兄イ、おもしろうなってきやしたぜ」

「そのようだ」

小谷から視線を移した市左に、鬼助は大きくうなずいた。

「そうとなれば、おめえら二人、平七とおチカにこの話はまだ伏せておき、夜逃げもさせずいましばらく上州屋にとどめておき、そのつなぎをお島にやらせるのだ。もちろんお島にも、勝蔵とお華が喰逃げ屋だってことは黙っておけ。こんどこそお縄にしてやる。そのためにも、こっちが気づいていることを、やつらに微塵《みじん》も覚《さと》られちゃならねえ。いいか」

「へい、がってん」

「旦那の漕《こ》ぐ舟に乗りやしょう」

市左が威勢よく返し、鬼助も小谷の差配を受け入れる意思を示した。

和泉屋の板戸の部屋は、にわかに喰逃げ屋探索の段取りの場となった。

六

鬼助と市左が和泉屋を出たのは、ちょうど陽が中天にかかった時分だった。

茶店では餅《もち》や団子《だんご》も出る。和泉屋は京橋だけあってその種類も多く、これがけっこう旨《うま》い。

「またしばらく、伝馬町の棲家を留守にできなくなったなあ」

「そのようで」

鬼助と市左は話しながら日本橋のほうへ歩を取っている。

日本橋に絶え間なく響く下駄や大八車の音は、江戸の繁盛を示している。橋には着飾った衣装も、鬼助たちの職人姿もよく似合う。渡れば往還は神田の大通りとなり、神田川の筋違《すじかい》御門までほぼまっすぐに延びている。途中の大伝馬町に向かう枝道に入れば、その先が両国広小路だ。その途中からまた脇道に入れば、伝馬町の百軒長屋に行き着く。

二人の足はその大伝馬町の通りを踏んでいる。すこし先の脇道が、百軒長屋への枝道だ。

「すまねえ、市どん。棲家にはさきに帰《けえ》っていてくんねえか。俺はちょいとこのまままっすぐ」

「そうかい。米沢町か」

「ああ」

市左の言ったのへ、鬼助は短く応えた。

両国広小路に面した米沢町に、堀部弥兵衛の浪宅はある。きのう、高田郡兵衛が来て玄関で鬼助と話していたとき、市左も居間で腰をさすりながら聞いており、その奇妙さに気づいている。

大伝馬町への通りに入ってから鬼助の脳裡《のうり》は、上州屋の件よりもこの高田郡兵衛の件のほうが強く渦巻きはじめていたのだ。

（なにやら判《わか》らねえが、弥兵衛さまに早く知らせておかなきゃ）

意を決し、そこで市左に〝すまねえ〟と言ったのだった。

市左には、

（兄イが弥兵衛さまに用事というのなら、俺など立ち入られねえ）

その思いがある。

「小谷の旦那がさっそく動きなすって、いつつなぎが入《へえ》るかしれねえ。早めに帰《けえ》って来てくんねえ」

「弥兵衛旦那にはちょいときのうの話をするだけだから、そう時間はとらねえ」

と、鬼助は百軒長屋への角で市左と別れ、大伝馬町への通りを急いだ。

途中、馬喰町は通り沿いに一丁目、二丁目とつづき、三丁目の町並みが米沢町とおなじように両国広小路に面している。上州屋はその一丁目にある。

商舗《みせ》の前にさしかかった。自然と屋根に設置されている新しい看板に目が行く。

（先代が隠居するめえから、良之助とかいう若旦那は外でお華と情交《わけ》ありだったということは、勝蔵とやらめ、かなり早くから上州屋に狙いをつけ、仕込みをしていたことになるなあ）

と、勝蔵の用意周到さに感心するとともに、それに引っかかった若い旦那の良之助に、一種の憐《あわれ》みも感じていた。

通り過ぎ、ちょいとふり返った。干物の行商人らしいのが、風呂敷包みの荷を背負って〝上州屋本家〟と染めこまれた新しい暖簾から出て来た。

(なるほど)

思えてくる。奉公人に暖簾分けするのではなく、分け店を開くのならそのたびに上州屋の商いは拡大し身代も増えていく。跡目を継いだ若い旦那には、もうたまらない話だろう。そこに乗った良之助とやらの気持ちも解らないわけではないが、それを持ちかけた勝蔵は、

(頭のいいやつ)

と、思えてくる。

(しかし)

鬼助の足はすでに馬喰町三丁目に入り、上州屋はかなりうしろになっている。

(すでに三百両もの借財をこしらえたのなら、そろそろかな)

思えてくる。

小谷同心の説明では、勝蔵とお華は狙いを定めたお店《たな》へ巧みに入りこみ、そのお店

の名義で多額の借財をこしらえ、それをふところに姿をくらますのである。当然お店は借財をかかえ倒産する。

小谷がすぐに踏み込もうとしないのは、勝蔵らのその巧みさにある。踏み込むのが早すぎたなら、

『これから分け店を具体化しようとしていたところなのです』

と、言われればそれまでである。人ひとり脅したわけでもなく、まして痛めつけたりも殺したりもしていないのだ。若い良之助旦那も、

『そう、そのとおりなのです』

と、言い張るだろう。

勝蔵らに申し開きできなくさせるには、借り集めた金子《きんす》をふところに遁走《とんそう》する直前かその現場へ踏み込む以外にない。

難しい。相応の探索と技量を必要とする。

鬼助の足は両国広小路の雑踏のなかに入った。

(はやく弥兵衛旦那に)

と、頭の中は切り替わった。

浪宅は広小路から枝道をひと筋入ったところにある。

いつものように裏庭にまわると、

「おうおう、鬼助か。縁側は寒い。中に入れ」

と、居間に上げられた。中間《ちゅうげん》姿ではないものの、かつてのあるじとおなじ畳の上になど気が引ける。手焙りをはさみ、あぐら居の弥兵衛に鬼助は端座の姿勢をとった。

裏庭に片膝をついたとき、

「旦那さま。折り入ってお話が」

と、深刻な表情で言ったものだから、和佳と幸は別室に退いた。

安兵衛は道場で、いまごろ数右衛門と打ち合っていることだろう。

弥兵衛は背をまるめて手焙りに両手をかざし、

「して、話とはなんじゃ」

皺枯《しわが》れた声で言った。

「はっ」

応えた鬼助は、両手を膝に乗せ背筋を伸ばしている。

「高田郡兵衛さまのことにございます」

「なに」

弥兵衛は鬼助を凝視した。急進派であった郡兵衛が近ごろ本所三ツ目の道場に来なくなったことを安兵衛から聞かされ、気にとめていたようだ。

鬼助は、きのうの高田郡兵衛のようすをつぶさに話した。

話すほどに、弥兵衛の温厚な表情が険《けわ》しくなり、

「うーむ。直接ここに来ず、さようなことをおまえの塒《ねぐら》へ訊きに行くとは奇怪《きっかい》。おそらくわしを訪ねて、そこで安兵衛と鉢合わせになるのを恐れているのやもしれぬ。ここに来ても安兵衛がいつ帰って来るか知れぬ。そうじゃ、鬼助」

「はっ」

「暇を取らせたおまえに申しわけないが」

「とんでもございません。なんなりとお申しつけくださりましょう」

弥兵衛の言葉に鬼助は恐縮し、端座のまま上体を前にかたむけた。

「ふむ」

弥兵衛はうなずき、

「わしのほうから郡兵衛に会おう。場所は磯幸《いそさち》じゃ。あやつは確か芝通町に住まいしておったのう」

「御意《ぎょい》」

「このことをおまえから郡兵衛に話し、日限は奈美《なみ》とも図《はか》っておまえたちで決めてお

け。まあ、緊急を要するでもないが、早いほうがよかろう」

「はっ。ならばさっそく、きょうにでも芝通町におもむき、高田さまに伝えておきますでございます」

鬼助は急ぐように腰を上げた。

実際に急いだ。

いま来た大伝馬町の通りを取って返している。

なにやら自分が弥兵衛から重大な役務を託されたように思えてくる。その用件で動いているのに、職人姿とはいえ腰に木刀のないのがなんとも心もとなく感じられる。

芝通町へは、ふたたび神田の大通りに入り、弥兵衛の言った磯幸の前を過ぎ、日本橋も再度渡ることになる。

美形の奈美は、浅野家上屋敷で戸田局《とだのつぼね》付きの奥女中だった。浅野家改易後は瑤泉院《ようぜいいん》と名を変えた内匠頭《たくみのかみ》奥方の贔屓《ひいき》であった海鮮割烹《かっぽう》・磯幸に、仲居たちの行儀作法指南として入っている。それが日本橋の室町《むろまち》一丁目である。

（奈美さんには高田さまに会ってから、日にちを決めてもらうことにするか）

と、きょう二度目になる磯幸の前を通り過ぎ日本橋を渡った。

芝通町は東海道を南へ京橋を渡り、増上寺前を過ぎ金杉橋《かなすぎばし》も渡り、田町に入ったその先である。

着いたときには、陽が西の空にかなりかたむいていた。

高田郡兵衛は不在だった。

おなじ町内の裏長屋に赤埴源蔵と矢田五郎右衛門が住んでいる。

赤埴源蔵がいた。

かつて馬廻《うままわり》二百石だったが、部屋で傘張りの内職をしている。

訊くと、

「ふむ。そういえば近ごろ見なくなったなあ。きょうもどこへ行ったか知らぬ」

と、頼りないことを言う。

「それよりも、まあ上がれ。弥兵衛老は息災か。安兵衛たちはどうしておる」

「はっ、皆さまご息災に在《おわ》しましてございます。きょうは先を急ぎますれば、後日またお伺いいたしまする」

と、源蔵に誘われるのを土間に立ったまま鄭重に返し、芝通町を辞した。

陽が沈みかけている。

急いだ。

ふたたび馬喰町の上州屋の一件が頭にめぐってくる。

陽は落ちた。冬の日足は短く、急ぐ一歩ごとに一日の幕が下りてくる。

京橋の手前で、すでに暖簾も軒提灯も下ろしていた和泉屋の雨戸を叩き、

「すまねえ、御用の筋で走っている」

と、無理を言い、提灯を借りた。

夜道を提灯なしで急いでいると盗賊か追われ者と間違われ、自身番に誰何《すいか》され引かれかねない。そこで小谷同心の名を出せば、隠れ岡っ引であることがおもてになってしまう。

提灯の灯りで日本橋を過ぎ、いずれの自身番に見咎《みとが》められることもなく伝馬町に帰り着いたときには、夜もすっかり更けていた。

「兄イ、遅かったじゃねえか」

と、市左が灯りを点《つ》けて待っていた。

七

翌朝だった。

玄関の雨戸を、さらに縁側の雨戸をも激しく叩く音に起こされた。

昨夜はさいわいと言うべきか、小谷からのつなぎはなく、一日が終わった。それを知ると鬼助は両国から東海道を幾度も急いだ疲れからか、

「――兄イ、あんまり遅いから何かあったのかと心配《しんぺえ》してたんだぜ」

と市左の声を聞きながら、掻巻《かいまき》をかぶり寝入ってしまったのだ。

「誰でえ、こんなに早く。もう夜明けかい。おお、冷えやがる」

と、市左が寝ぼけまなこで勢いよく縁側の雨戸を開けた。

朝の光が居間にも飛びこんできた。

ちょうど日の出のときだった。

奥の長屋の井戸端にはすでに人が出て、釣瓶《つるべ》の音が聞こえてくる。

「ううっ」

鬼助も声を出し、布団の上に上体を起こしたとたん、

「なんでえ、千太じゃねえか。どうしたい」

「大変《てえへん》、大変。きのうの話、根岸で死体になっていた。それも二人」

市左と千太の声が聞こえ、

「なに、きのうの話？　根岸、まさか上州屋の隠宅？」

鬼助は口早につぶやき、布団の上に上体を起こした。まだ半分寝ぼけている。

千太の雨戸を叩く音と〝大変、死体〟の声が断片的に聞こえたか、

「なに！　殺し！」

「どこ、どこで！」

濡れた手拭を持った大工と、そのうしろは桶を手にしたお島が下駄の音を響かせ、白い息を吐き駈けて来た。

「馬鹿野郎。そんなことは小さな声で言うもんだ」

市左が縁側の上から千太の頭をぽかりと叩いた。

「へえ」

千太は恐縮したように首をすぼめ、

「死体が二つとはどういうことでえ」

縁側に出た鬼助が低声《こごえ》で訊いた。見ると千太は弓張《ゆみはり》の御用提灯を手にしている。素早くそれを引ったくって雨戸の内側に隠した。もう眠気は完全に吹き飛んでいる。千太はまだ息せき切り、白い息をハアハアと吐いている。

市左が千太の頭を小突《こづ》いたのは当然《とうぜん》だった。岡っ引がなぜ殺しの事件を日の出早々に鬼助や市左へ知らせに来る？　鬼助と市左はあくまでも隠れ岡っ引なのだ。これが鬼助なら、張り倒していたかもしれない。だからこの場での精一杯の策として低声を

つくったのだった。

「それが……」

千太もようやく覚《さと》ったか、低声で言いかけたのへ鬼助が、

「まあ、そこじゃ寒かろう。上がれや」

と、千太の肩を強くつかんで縁側に引き上げた。さいわい雨戸は一枚しか開けていない。薄暗いところに千太を押し込み、

「へへ、すまねえ。こいつ、時間もわきまえずなんでもかんでも大変だの殺しだのと騒ぎたがるもんで」

極度に落ち着いた口調をつくり、

「まったく、そうなんで」

と、市左もそれに合わせた。

長屋の住人がさらに二、三人増えている。いずれも顔を洗っていたり火を熾《おこ》している途中だった。最初に駈けつけた大工が、

「なんでえ、そんなやつかい。まったく人騒がせな」

「もう、朝の忙しいときに」

つづけたのは左官屋の女房だった。手に団扇《うちわ》を持っている。

それらが去りかけたところへお島が、

「まさか」

心配げな顔を鬼助と市左に向けた。

「ああ、あとで話さあ」

市左は言うと、雨戸の内側に立っている小柄な千太の肩を思い切り押さえつけてその場へ座らせた。殴り倒したい衝動をこらえている。

千太は走って来たから寒さを感じないだろうが、鬼助と市左はいま布団から出たばかりだ。寒い。褞袍《どてら》をはおって雨戸の内側に三つ鼎になった。

「さあ、聞こう。根岸といやあ、上州屋の大旦那かい」

鬼助があらためて質《ただ》し、市左も千太の顔を、

「さあ」

と、凝視した。

千太はようやく息をととのえ、

「陽が出てからでいいから馬喰町一丁目の自身番に行っておれ、と小谷《うち》の旦那が。職人姿でも中間《ちゅうげん》姿でもいいから、と」

「おめえ、なに言ってんだか解らねえぜ。さっきは根岸って言っていたんじゃねえの

かい」

「そのとおりだ。小谷の旦那はその下知《げじ》をどこで出されたんだい」

市左が浴びせるように言ったのへ鬼助がつないだ。

「へえ。根岸で」

ということは、千太は夜っぴて走って来たことになる。根岸から伝馬町までだと、上野山《うえののやま》の北側からであり、それはきのう鬼助が東海道を幾度も往復した距離に匹敵する。どおりで御用提灯を持っていたはずだ。それがあれば木戸が閉まっていても大声を出して木戸番人を起こし、開けさせることができる。

「それはご苦労さんだったなあ。さあ、なんで根岸からおめえが走らなきゃならなかったのか、順を追って話せやい」

「へえ」

鬼助が言ったのへ千太は返し、あらためて語りはじめた。

昨夜のうちだったらしい。

場所は根岸で、土地《ところ》の百姓が田畑の一軒家に異様な物音を聞き、駈けつけると数人の人影が屋内から飛び出て来ていずれかへ、

「逃げ去るのを見た、とすぐさま村方に知らせ……」

村方の一人が深夜をいとわず府内に走ったものの、奉行所は城門が閉まっていて入れず八丁堀に走り、たまたま駈け込んだのが南町与力の組屋敷だったという。そこですぐ小谷同心も動員され、それぞれが集められる岡っ引や捕方をかき集め、

「そのなかにあっしも入《へえ》っておりやして」

「それはわかってらあ。だからおめえ、小谷の旦那に言われてここまで走ってきたんだろが。さきをつづけろ」

市左が急かしたところへお島が、

「この家はまだなにも用意できていないだろうと思って」

と、盆に湯飲み三つと急須を載せて持って来た。

気が利く。そのとおりだった。千太に水一杯飲ませていなかったのだ。

「ありがたいぜ、お島さん。じゃあ、またあとで」

鬼助が言うとお島は、

「あとでも、ちゃんと聞かせてくださいよねえ」

と、雨戸の内側にいる千太をのぞきこみ、早々に引き揚げた。上州屋と関わりがあるのを感じ取っている。

千太は茶を一気に飲み干すと、

「あぁあ、生き返ったようだ」

と、また自分で急須から注《そそ》ぎ、話をつづけた。

深夜に根岸の一軒家に駆けつけると、屋内は荒らされ、年配の男が二人、胸を刺されて息絶えていたという。通いの下働き夫婦の証言から、一人は良兵衛《りようべえ》という上州屋の前《さき》の旦那で、もう一人はその番頭だと判ったらしい。

〝根岸で殺し〟と千太が駈けこんで来たときから、鬼助も市左も予想はしていたことなので、驚きの声を上げるほど仰天はしなかったが、番頭まで一緒だったことはやはり衝撃だった。

鬼助と市左は顔を見合わせ、うなずきを交わした。

（勝蔵の手の者）

同時に予測を立てたのだ。

なおも千太はつづけた。

「そこで小谷の旦那があっしをここへ」

「走らせたってことだろう。で、言伝《ことづて》はなかったかい。馬喰町の自身番に入《へえ》って何をしろとか」

市左がじれったそうに言ったのへ千太は、

「いえ、ただ、そう告げろとだけ」

「それじゃわかんねえじゃねえか。おめえ、大事《でえじ》な用件をなにか一つ、走っているうちに忘れちまったのじゃねえのかい」

「いえ。あっしゃそんな頓馬《とんま》じゃありやせん」

「待て」

市左と千太のやりとりに鬼助が入った。

「千太よ」

「へえ」

「根岸を発ったのはおめえ一人かい」

「いえ。ほかの同心の旦那と、それについているあっしの同業と三人で。途中でお二人とは別れ、あっしはこっちへ一目散。足はこっちのほうが速うござんすから、その旦那と同業さん、おそらくいまごろ上州屋へ着いたころでござんしょう、はい」

得意気に話す千太に市左が、

「なんでえ、上州屋にも同心の旦那が走りなすったのだな。それを早く言えよ」

「だから、いま言っているじゃござんせんか。死体の面通《めんとお》しをさせるため、上州屋から誰か一人、根岸へ連れて行くためでさあ」

「そんなのわかってらあ。つまり上州屋にゃあ、その同心の旦那の報せが第一報になるってことだろ。それよりほんの少し早く、おめえは俺たちに伝えた、と」

「そう」

「判ったぜ、市どん」

千太が足の速いのを自慢しそうになったのを鬼助は制し、市左に視線を向けた。千太はまだ二十歳《はたち》を出たばかりで若く万事に頼りないが、足の速いのだけは鬼助も市左も敵《かな》わない。

「なにがでえ」

「おめえ、さっきもう一人の同心の旦那が、上州屋への第一報になると言ったなあ」

「ああ、言った。千太はこっちへ来たのだから、そうなるじゃねえか」

「それだぜ。これから上州屋は混乱し、商舗《みせ》の前《めえ》には野次馬が押し寄せらあ」

「おそらくなあ」

「小谷の旦那が以前、言っていなかったかい。科人《とがにん》というのは、かならず犯行現場に舞い戻って来るって」

「言ってた、言ってた。だけどよ、現場は根岸だぜ」

と、縁側は鬼助と市左のやりとりの場となった。

任を終えた千太は、明るいところへ座を移し、朝の陽光を浴びながら旨《うま》そうに茶を飲んでいる。

雨戸の内側で鬼助は言った。

「もしこれが勝蔵たちの仕掛けだとしたら、血こそ流していねえものの、馬喰町の上州屋のほうこそ現場ってことになりはしねえかい」

「そう、そうなる」

「これから上州屋の前は野次馬が跳ねまわらあ。平七どんが言った、両国広小路での話、気にならねえかい。刃物を隠し持って、平七どんを脅《おど》すような素振りを見せてたんだぜ」

「あ、判った。科人のなかに松助がいて、そいつが野次馬にまじってようすを見に来る……上州屋へ」

「そうよ。その獅子っ鼻の二十五、六の野郎さ。面《つら》を知っているのは、手代の平七どんのほかには市どん、おめえだけだぜ」

「そうか、それだ！　小谷の旦那は俺にそいつが野次馬の中にいねえかどうか捜《さが》し、いたらそっとあとを尾《つ》け、塒《ねぐら》を突きとめろ、と」

「そういうことだ。逆におめえが獅子っ鼻の松助に見つからねえように、自身番を拠点にそっと見張れってことさ」

「こいつぁおもしろうなってきやがったい。なあ、そういうことだな」

市左が千太に視線を戻したのへ、

「へ、へえ。あっしは事件をここへ知らせ、兄イたちを馬喰町一丁目の自身番へ、そう言われただけで」

「だから、それがそうなんでえ。兄イ！」

「おう」

二人は立ち上がると居間に戻って身支度をととのへ、

「千の字、おめえどうする。一緒に来るかい」

「あ、あとはなにも」

「言われていねえのなら一緒に来ねえ。自身番にはおめえのほうが都合いい」

市左が千太に言ったのへ鬼助があとをつづけ、

「御用提灯は置いて行け。昼間の提灯なんざ気が抜けらあ」

と、出かける用意はととのった。

市左が一枚だけ開けていた雨戸を閉めようとしたところへ、

「あら、お出かけですか。さっきの千太さんは？」

「ああ、お島さん。あんたにだけ」

鬼助が職人姿で縁側に出て来た。市左と姿を変えるため中間姿にしようかとも思ったのだが、中間は冬でも猿股《さるまた》に紺看板、梵天帯で腿《もも》がむき出しの空脛《からずね》素股《すまた》になって寒いことこの上ない。それで股引の職人姿にしたのだった。

縁側で鬼助は、

「上州屋のご隠居が死になすった。詳しいことはまだわからねえ」

「えぇえ！　さっきの千太さん、それを告げにわざわざ」

「ああ。見倒しの仕事を小谷の旦那にも頼んでいるもんでなあ。変わったことがあれば、こうして千太を寄こしてくれるってわけさ」

「まあ、それは親切な。でも上州屋さんのお手代さんたち、あたしがつかんで来た話だからねえ」

「わかってらあ、心配すんねえ」

市左が言って雨戸を閉めた。

これで奥の長屋には、そのように伝わるだろう。

百軒長屋の脇道から大伝馬町の通りに出た。

早いせいか、通りに出ている往来人や大八車はいつもの朝の動きで、うわさはまだ伝わっていないようだった。

しかし歩を進め、馬喰町に近づくと、

「おっ、あれは」

上州屋の前で、まばらに人が動いている。仕入れの行商人たちが出入りしている動きではない。近所の住人たちのようで、女もいれば男もいる。雨戸は開けられ、まだ暖簾の出ていない商舗の中をのぞきこむような仕草をしている。

鬼助と市左と千太の三人は、さりげなく人の集まりかけている上州屋の前を通り過ぎ、脇道に入った。

「どうだった」

「いねえようで」

鬼助の言ったのへ市左は返した。その仲間の与太らしい風体《ふうてい》の者もいなかった。

さらに鬼助が、

「まだ早いからかもしれねえ。市どんはここから見張り、俺と千太でちょいと自身番に行ってようすを見てくらあ」

言ったのへ市左は、

「わかった」

と、角からちょいとおもてを見張る態勢に入った。これから上州屋の前には野次馬が集まる。近くの角に人が立っていても奇異ではない。

馬喰町一丁目の自身番は、いま三人が入った脇道の奥にある。

「千太、来い」

「へえ」

と、鬼助は先に立ったものの、自身番に入ると千太のほうが主役である。小谷同心の見まわりにはいつも千太がついており、どこの自身番でも小柄な千太の顔は知られている。その千太が自身番の腰高障子を開けると町役《ちょうやく》の一人が、

「おっ、千太さん。どうなっているのです。上州屋の良兵衛旦那が、根岸で押込みに殺されなすったとか！」

「さっき同心の旦那が来なすって、面通しに若旦那と、ほれ、もう一人、新しい番頭さんですか、勝蔵さんとかいう人と一緒に根岸へ急がれましたが、いったい⁉」

もう一人の町役も言う。自身番では新旦那や番頭格は浸透しておらず、良之助はまだ若旦那だった。

腰高障子の外で聞いていた鬼助は、

（そうかい。押込みの仕業と同心は言ったのかい）

と、状況を把握した。

おそらく良之助は仰天して根岸に急ぎ、その監視役か手下の首尾を見るために、勝蔵はついて行ったのであろう。ということは、いま商舗の差配は手代の平七と奥女中のお華ということになる。あの実直な平七なら、そこに夜逃げなどすることはないだろう。

千太は自身番の面々に言った。

「小谷《うち》の旦那がいま根岸に行っておりやす。自身番からあらぬうわさをながさぬようにと、旦那からの言付けでさあ。それだけ伝えに来やしたので」

鬼助が言わせた言葉である。言うと千太は敷居を出て、外から腰高障子を閉めた。

市左のいる角に戻った。

「増えて来やしたぜ」

市左は言った。

のぞいた。

増えている。

「いるかい」

「いねえ」

のぞく場所を変えた。

ここが現場ではないのに、野次馬はますます増え、取引先か親戚筋か、人をかき分け中に飛びこむ者もいる。

まるでそこが殺しの現場であったように、ますます野次馬は増える。

「あ、野郎だ。いやしたぜ」

獅子っ鼻の若い男だ。

仲間が二人ほどいる。

他の野次馬とおなじように中をのぞきこみ、三人は悠然とその場を離れた。

「兄イ」

「ふむ」

市左がふり返り、鬼助はうなずきを返した。

二　最初の脱盟者

一

尾《つ》けている。

上州屋の前からだ。

両国広小路に向かっている。人通りが多く、気づかれにくい。

相手は三人、こちらも三人である。

小谷同心の薫陶《くんとう》もあり、尾行術は心得ており、実践も幾度かある。

人通りのあるところでは、対象から最初の間合いは三間（およそ五米《メートル》）ほどに縮められる。そこを一人が尾け、その五間（およそ九米）ほどうしろに仲間の一人が尾け、そのまた五間ほどうしろにもう一人が尾く。その順番をときどき変える。対象者がふり返って顔を見られても、つぎにふり返ったときには人が代わっている。尾行に気がつかないことになる。

最初は先頭が鬼助で二番手が市左、最後尾に千太が尾いた。

三人連れの一人は獅子《しし》っ鼻《ぱな》の松助で、他の二人は市左も知らない顔だった。いずれも二十五、六で袷《あわせ》の着物を着ながし、それぞれに目立たないための用心か地味な半纏《はんてん》を着けているが、遊び人には堅気と違った独特の雰囲気があり、その意味からも尾けやすい。

野次馬の増えた上州屋近くの角で、

「――尾けるぞ」

と、三人がうなずき合ったとき、その脳裡には、

(――根岸で物盗りを装《よそお》い、隠居の良兵衛と番頭を殺《や》ったのはやつら)

と、共通の認識があった。

もちろん指図したのは、

(――勝蔵)

であろう。

(かならず塒《ねぐら》を突きとめてやる)

千太を含め、三人は燃えている。

松助らの三人組は脇差こそ帯びていないが、横ならびに肩をゆすり歩を進めている。すれ違う人は迷惑そうに避けているが、尾けるほうにとっては願ってもない対象である。背後の市左にも、それら三人の背は往来人の肩越しに見えていよう。

だが、

（うーん。まずいぞ、これは）

先頭の鬼助は思いはじめた。

三人組は両国広小路に入り、両国橋のほうへ向かったのだ。甘酒売りやそば屋などの屋台と人のながれのなかを、なおも横ならびに歩を取っている。

（橋に入るな！　脇へそれてくれっ）

鬼助は願ったが、三人はなおも両国橋に近づく。

渡れば本所一ツ目である。吉良邸に近い。見知った者に出会い話しかけられたならどうなる。やり過ごすため、吉良邸の者から身を隠さねばならない。市左も同様である。殿《しんがり》の千太は、そのような鬼助と市左の事情を知らない。脇へそれる市左につづけば、三人とも松助ら三人組を見失うことになる。

いよいよ両国橋に近づく。

橋板を踏む大八車や下駄の音が聞こえてくる。

（いかん、これは）

思った直後、ホッとした。両国橋に入るかと思った三人組は橋の手前を素通りし、右手になる下流の南方向へ歩を進めたのだ。

が、安堵は瞬間だった。

鬼助が橋板の手前を横切ろうとしたとき、何気なく橋に向けた目に吉良邸の加瀬充之介の姿が入ったのだ。背後に中間を随《したが》えているから、私用の外出ではなく屋敷の用事で出ているようだ。

素知らぬふりをして通り過ぎようとしたが、加瀬から鬼助は真正面になる。気づいたとき、加瀬はすでに手を上げ、

「おぉ、鬼助ではないか」

橋板の響きのなかに声をかけていた。

もう素通りはできない。

「これは加瀬さま」

鬼助は立ち止まり、軽く辞儀をした。

「よかった、よかった」

言いながら加勢は小走りになり、近づいて来た。

橋の西たもとである。鬼助は待ち、立ち話のかたちになった。

背後の市左はそれに気づいた。

（いかん）

思ったはずである。

まだ広場のなかで、三人組の背は他人の肩越しに市左の視界に入っている。

機転を利かせた。派手な衣装の飴《あめ》売《う》りを盾に市左は橋のたもとを人混みのなかに迂回し、三人組との間合いを縮めた。そのまうしろに千太が尾いている。

市左が先頭になったかたちで、尾行はつづいた。

橋のたもとでは、

「これからおぬしたちのところへ行くところだったのだ。いいところで会った」

加瀬は言う。

時間を取りそうだ。鬼助はどきりとし、

「それはよございました。あっしはこれから、荷運びの得意先にちょいと。で、なんでございやしょう」

「ふむ、得意先まわりの途中か。ならば、あまり時間は取れんのう。ここで用件だけ言おう」

職人姿を扮《こしら》えていてよかった。

加瀬は鬼助を広場の隅にいざない、あたりを気にするように言った。

「また身状を調べてもらいたい浪人がおってのう」

「さようですかい。で、どこのどなたで？」

鬼助は急ぐ口調で低声《こごえ》をつくった。

加瀬も早口になり、

「名前と住まいだけ言う。おぬしにはそれで充分だからなあ。名は峰岸大膳《みねぎしだいぜん》、信州《しんしゅう》浪人で、ほれ、小名木川《おなぎがわ》の万年橋《まんねんばし》を渡った清住町《きよずみちょう》の……」

小名木川といえば竪川とおなじ大川の東岸で深川界隈を流れる掘割で、両国橋と江戸湾に近い永代橋《えいたいばし》とのほぼ中間に架かる新大橋《しんおおはし》を東に渡り、河岸の往還を二丁（およそ二百米）ばかり下流に進んだところに流れこんでいる。河口近くに万年橋が架かっており、それを渡り、武家屋敷と霊雲院《れいうんいん》を過ぎたあたりが清住町の町場である。峰岸大膳という浪人者は四十がらみで、その清住町の裏長屋に住まいしているらしい。

「へい。清住町の峰岸大膳さま、慥《しか》とうけたまわりやした」

「頼んだぞ。おまえに任せておけば安心できるでのう」

言うと加瀬は、

「おい、帰るぞ」

「へえ」

中間をうながし、きびすを返しいま渡った両国橋にふたたび足音を立てた。

「確かに」

鬼助はその背に声をかけ、

「さて」

と、広場に目を凝らした。

行き交う人や屋台のあいだに、もう最後尾の千太の姿すら見えない。

だが、松助ら三人組は両国橋の手前から広場を、川の西岸沿いに下流のほうに向かった。そのまま広場を進めば薬研堀《やげんぼり》に架かる元柳橋《もとやなぎばし》であり、それを渡れば西岸沿いに新大橋の西たもとまで土手の道一筋がつづいている。

広小路は元柳橋までであり、三人組は広場に面した米沢町の枝道に入る気配はなかった。

（よし、元柳橋だ）

鬼助は判断し、人混みのなかを縫うように急ぎ足になった。

二

「おらんなあ」

焦りを感じながら元柳橋を渡った。

川沿いの往還は、広場にくらべ人の姿がきわめて少なくなる。太陽がすっかり昇ったなかに、川面の舟を見ながらのそぞろ歩きか行商人くらいである。ところどころに釣り人の背も見える。

いた。前方のまばらな人のながれのなかに、小柄な千太がゆっくりと歩を取っている。さらに目を凝らすと、その五間（およそ九米）ほど先に職人姿の市左の背が見える。場所柄、間合いをすこし広げたようだ。川がゆるやかに湾曲し、三人組は見えない。当然、市左の視界にはいるはずだ。

先頭の市左は、鬼助がそのまま尾行から離脱したのではないかと心配しているだろう。復帰したことを、早く知らせてやらねばならない。

歩を速めた。

川面には大小無数の舟が浮かび、なかなかの景観である。だが、見とれている余裕はない。

千太に追いついた。

「あ、鬼助の兄イ。あそこに」

と、千太は前方の市左の背をあごでしゃくった。千太は鬼助が単に尾行の順番を交替したように思っているようだ。

「おめえ、ちょいと足を速め、市どんと交替しろ」

「もうですかい」

「ああ、早くしろ」

「へ、へい」

千太は前方を向いたまま返し、速足になり鬼助から離れた。

市左に追いついた千太が、なにやら市左にささやいているのが見える。市左はかすかにふり返り、歩をゆるめた。鬼助は速足になり、追いつき市左と肩をならべた。

「兄イ、心配《しんぺえ》したぜ」

歩を進めながら言う。

「俺も焦った。また、ご浪人の身状調べだ」

「ほっ、それはおもしれえ」

「あとでゆっくり話さあ。いまは松助だ。だがこの方角だと、向こう岸なら浪人の塒《ねぐら》に近づいていることになる」

「えっ。そいつ、こっちの方向で?」

「そうだ」

応え、歩をゆるめ市左のあとにつづこうとしたとき、

「おっ」

鬼助は声を洩らした。小さく見える三人組の背が、新大橋に入ったのだ。両国橋ほどではないが、かなりの人の影が橋の上に動いている。

「頼まれた浪人の塒は、新大橋を渡ったちょいと先だ」

「そりゃあますますおもしれえ」

市左は返し、二人は速足になって千太との間合いを詰めた。千太も三人組との間合いをもとの三間ほどに詰めたようだ。橋を渡ってからいずれに向かうか、それに対応しなければならない。頼りなくても尾行術は小谷同心の薫陶を受けている。ここで鬼助は市左の十数歩うしろに退いた。

市左が大橋の中ほどに歩を踏んだころ、三人組は橋を渡り切り、東岸に沿った往還を下流に向かった。

「ほう」

鬼助はまた低くうなった。その先は加瀬から聞いた小名木川河口の万年橋である。

その万年橋を三人組は踏んだ。

千太はますます三人組との間合いを縮め、市左もそれにつづいた。

（まさか清住町？）

鬼助は思いながら市左との間合いを五、六歩までに詰めた。

三人組は尾行にまったく気づいていない。なにやら楽しそうに話しながら歩を進めている。

新大橋を渡るまでは左手に大川の流れがあったが、いまは右手になっている。

三人組は霊雲院の大川に面した山門前を過ぎた。その先は町場で、清住町だ。なんと松助らはきわめて自然な足取りでその町の枝道に入った。足取りから、三人の棲家はこの近くに違いない。

千太も入った。市左もそれにつづき、二人は鬼助の視界から消えた。

鬼助の足がその角に曲がろうとしたときだった。

市左が出て来てぶつかりそうになった。

「どうしたい」

「千の字、引っ返してくるぜ」

「えっ」

鬼助と市左は短く交わすと、川面に向けて立った。足元に土手の草地が広がり、職人二人が川面の舟をながめているように見える。

千太がうしろから、

「ここでしたかい、お二人そろって」

「で、どうだったい」

鬼助がふり返ったのへ、市左は得意そうに、

「へへん。確かめやしたぜ、やつらの塒《ねぐら》」

「おっ。そうかい」

市左が返したのへ、千太はそのようすを簡単に話した。

「お手柄だぜ。ここで市どんとすこし待っていてくれ。地形を見てくらあ」

鬼助は言うと枝道に入って行った。むろん地形を見るためもあるが、峰岸大膳なる浪人の長屋の場所も確かめようと思ったのだ。

歩を進めた。千太の言ったとおり、板塀に挟まれた狭い路地があった。そのすこし奥に普請《ふしん》のあまりよくなさそうな仕舞屋《しもたや》の玄関口があり、行き止まりになっているよ

うだ。その仕舞屋に三人は入って行ったという。

鬼助はそれを確かめ、路地を過ぎ歩を進めた。商舗はなく小ぢんまりとした家々が雑多に建っている。向かいからこの町の住人であろう野菜を盛った笊《ざる》を小脇にしたおかみさん二人が、べちゃくちゃ話しながら近づいて来る。

「すまねえ、ちょいとたずねてえのだが」

鬼助は声をかけた。

おかみさん二人は愛想よく足を止めた。

加瀬の言っていた裏長屋の所在を訊くと、それはすぐ近くだった。清住町そのものがあまり大きくない。

「そこに信州浪人で峰岸さまというご浪人がおいでと思いやすが、いなさろうか」

愛想よかったおかみさん二人の表情が急に険しくなった。

「ああ、いるよ。信州だか上州《じょうしゅう》だか知らないけど、そんな名だよ」

「あんた、あの浪人の知り合いかね」

「いえ、そうじゃねえんですが、ちょいと」

二人のおかみさんの反応に鬼助はたじたじになり、とっさに思った。

まえに調べ、木刀で渡り合った田町《たまち》の松沢伝兵衛《まつざわでんべえ》と村山次三郎《むらやまじさぶろう》という浪人のときと似ている。この浪人どもも近所の評判は悪かった。頼まれもしないのに界隈《かいわい》の飲食の店から用心棒だといって、見ケ〆料《みかじめりょう》を取り立てていたのだから、忌《い》み嫌われていたはずだ。二人とも、もう小伝馬町の牢屋敷から江戸所払《ところばら》いになっているはずだ。

ということは、根岸大膳という信州浪人も……。

ついでである。

「そこの路地奥の仕舞屋に、若え男《わけ》の《の》が三、四人住んでいると思うのだが、間違《まちげ》えねえですかい」

「ああ、いるよ。三人だか四人だか知らないけど、ときには派手な女も来ていて」

「あんたいったいなんなの。あいつらの仲間でもなさそうだし」

おかみさん二人は怪訝《けげん》そうな表情になった。

「そりゃあどうも」

鬼助は早々に頭を下げ、

「浪人さんのほうは、そうでもないんだけどねえ」

おかみさんの声を背にその場を離れ、根岸大膳の塒に向かった。松助たちは土地《ところ》の住人とつき合いはなく、得体の知れない異質の連中と見られているようだ。

根岸大膳の塒はすぐに判った。路地奥の裏長屋だったが、土手に市左と千太を待た

せているので、

（聞き込みはあとでいいか）

と、町を一巡するかたちで土手の往還に出た。

市左と千太は河原の草むらに座っていた。

鬼助は近づき、

「どんな具合だったい」

「ああ。一応の地形はつかんだ。さあ、帰《けえ》ろうか」

訊いた市左に返し、

「深川を出るまでは」

と、用心のためまた千太を先頭に、ひとかたまりにならず来た道を返した。

鬼助が市左と肩をならべたのは、両国広小路に入ってからだった。千太は相変わらず先頭に意気揚々と歩を進めている。

「ここまで来て、ご隠居に挨拶なしの素通りは申しわけねえが、また近いうちに来なきゃならねえことがあるはずだ」

言いながら歩を進めた。高田郡兵衛の件と、それにきょう加瀬から依頼された浪人の身状調べの件である。

市左は早く知りたいようだった。

「依頼された身状調べ、万年橋の向こうって言ってたが」

「大当たりよ。浪人の塒は清住町で、その場所も確かめて来た」

「ほっ、そうだと思ったぜ」

「ま、詳しくは伝馬町に戻ってからだ」

「へい」

二人は外で話をするとき、浅野、赤穂、吉良の語句は絶対口に出さない。どこで誰に聞かれるかもしれないからだ。

前を行く千太の足は、大伝馬町の通りに入っていた。帰る先は馬喰町一丁目の自身番である。

まだ午前《ひるまえ》だ。惨劇のあった町の自身番ではないからごった返してはいなかったが、雨戸を半分閉じた上州屋の前には、朝と変わらず野次馬が入れ替わり立ち代わりたむろしていた。当然、商いはしていない。

鬼助と市左はそれら野次馬のなかにまぎれ込み、千太ひとりが自身番に入った。重苦しい雰囲気のなかに、緊迫の糸の張られているのが千太にもわかる。小谷同心は来ておらず、つなぎも入っていなかった。仕方なく手持ちぶさたに鬼助たちのところへ戻って来た。

　鬼助は千太を脇道に押しやり、励ますように言った。

「そりゃあおめえ、いまごろ良之助旦那と勝蔵とやらが根岸に着き、面通しをして大旦那と番頭に間違いないと証言し、あらためて手証になるものはねえかと聞き込みやらに忙しいのだろうよ。おめえ、これからひとっ走り根岸に行き、こっちの経緯《いきさつ》を旦那に知らせてやりねえ。あの旦那のことだ。そこから新たな動きをしなさろうよ。おめえの大手柄だ。俺たちはこれで帰《けえ》らせてもらうぜ」

「さようで。そんなら、そうしまさあ」

　千太はよろこび、その場から根岸に走った。

　鬼助と市左は勇んで走る千太の背を目で見送ってから、ゆっくりと上州屋の前を離れ、伝馬町への帰路についた。

　あくまでも隠れ岡っ引である。おもてには出ない。

　道々、

「上州屋さんの大旦那が、根岸の隠宅で殺されなすったそうな」

「なんでも、物盗りの仕業らしいって。お気の毒な」

　声が耳に入ってきた。

二人が伝馬町の棲家に帰り着いたのは、太陽が中天を過ぎた時分だった。めまぐるしい半日だった。

縁側の雨戸を開け、どたりとくつろぐなり市左が、

「さあ、兄イ。聞かせてくんねえ。加瀬の旦那の依頼をよう」

鬼助が浪人の名を話すと、

「おもしろえ。偶然とはいえ、またまたこっちの仕事と加瀬の旦那の依頼、かぶっているかもしれねえぜ」

「ふーむ」

と、鬼助にもそう思えてきた。

三

その日、お島が帰って来たのは、陽のかなりかたむいた時分だった。

縁側の雨戸が開け放されているのを見て、

「いるう？　やっぱり、だったよねえ」

言いながら荷を縁側に降ろした。

疲れたようすだ。商いもさりながら、かなりうわさ集めに奔走したようだ。その後の上州屋のようすが聞けるかもしれない。鬼助と市左はすかさず縁側に出て座りこんだ。お島は話すつもりですでに腰かけ、全身に夕陽を受けている。

鬼助のほうから言った。

「千太と一緒に駈けつけると、どうやらそうらしい。千太が自身番で聞き込むと、良之助旦那と新しい番頭さんが、面通しに向かったらしい」

深川の清住町へ行ったことは伏せた。隠れ御用のことなのだ。

「らしいらしいって、そこまでしか聞いていないのかえ。しょうがないねえ。あたしやきょうずっと馬喰町界隈で商いさ」

「それで、どうだったい。面通しの結果は、うわさになっていたかい」

市左があぐらのまま上体を前にかたむけ、陽に焼けたお島の顔を見つめた。

お島は応えた。

「面通しの結果、やっぱり大旦那と前《さき》の番頭さんだったたって。隠宅は根岸の田んぼの一軒家で、物盗りの仕業だって。ああ、恐ろしい」

「良之助旦那は帰って来なすったのかい」

と、市左。

「いえ。根岸に残りなすって、帰って来なすったのは新しい番頭さんのほうさ。葬儀は向こうでするかもしれないからって、奉公人の半分が根岸に出向いたさ。あたしゃ出かけるところを見たんだよ。平七さんが真っ青になって先頭に立ち、おチカさんもいなさった。もう根岸に着いているころかねえ」

「新しいほうの番頭さんはどうしてる」

と、鬼助。

「自身番から洩れ出た話らしいけど、その番頭さんがしばらく店をみるらしいよ。いったい、どうなるんだろうねえ」

お島は嘆息を洩らした。

上州屋には、勝蔵とお華が陣取ったことになる。

鬼助と市左は顔を見合わせた。

そのさきが読めない。

「あぁあ、惨《むご》いねえ。平七さんも、もう夜逃げどころじゃないよ」

言うとお島はまた行李を抱えこみ、腰を上げた。

お島の言葉に、奉行所の同心が上州屋に出入りしているという話は出なかった。おそらく現場となった根岸に同心たちは集中し、とっくに千太はそこへ駈けこんでいるはずだ。

この日、夜になっても小谷からのつなぎはなかった。千太の報告を得て、新たな動きに奔走しているのかもしれない。

その推測は当たっていた。

お島が縁側越しに、

「心配だから、きょうも馬喰町のほうをまわってくるよ」

と声を入れ、冬の太陽に朝の寒気がいくぶんやわらいでからだった。

「清住町の峰岸大膳の身状調べは、小谷の旦那の動きを見ながら始めるか」

「またかぶっていたら、おもしれえんだが」

居間で話しているところへ、玄関の腰高障子が開く音とともに、

「鬼助、いるか」

声が居間まで入って来た。

「いけねえっ、すっかり忘れてた」

鬼助は飛び上がった。

声は高田郡兵衛ではないか。

「へいっ。ただいま」

急ぎ廊下にすり足をつくり、玄関の板敷きに片膝をつき、

「さあ、お上がりくださいまし。せめてお茶など」

「いや。用件だけゆえここでよい」

「はあ」

「おととい、芝のむさ苦しい長屋まで来たそうじゃのう」

赤埴源蔵から聞いたのであろう。

「へえ、参《めえ》りやした。弥兵衛さまから言われやして」

「ふむ。おまえ、俺がここへ来たこと、弥兵衛どのに話したのじゃな」

郡兵衛は言う。怒った目ではない。

「そりゃあ、まあ。あっしは堀部家の中間でやしたから」

「ふむ」

郡兵衛は肯是《こうぜ》するようにうなずき、

「して、いかなる用にて」

「弥兵衛さまが高田さまに会おうと」

「うっ」

「それで、場所は日本橋室町の磯幸にて」

郡兵衛も、そこに元戸田局付きの腰元・奈美がいることは知っている。

「ほう」

「日時は高田さまのほうで決めよとのことで。早いほうがよろしいかと」

「ふむ」

郡兵衛は再度うなずき、

「して、安兵衛ではなく、慥《しか》と弥兵衛どのからじゃな」

念を押し、鬼助がうなずくと、

「ならば、あす。いや、明後日、刻限は、そうじゃのう。ゆっくり話せるよう、中《ちゅう》食《じき》を終えた時分、昼の八ツ（およそ午後二時）ごろはどうじゃ」

「はっ。そう弥兵衛さまへ伝言いたし、奈美さんにも伝えて段取りしておきます」

「頼んだぞ。さすが堀部家、暇をとらせてからもかように。いい中間《ちゅうげん》を持ったものじゃ」

言うと郡兵衛はきびすを返し、敷居を外へまたぐとまたふり返り、

「慥《しか》と頼んだぞ」

「はっ」

鬼助は片手を板敷きについて頭を下げ、腰高障子の閉まる音を聞いた。

足音が遠ざかると、

「兄イ、そっちの仕事もあったんだなあ」

と、市左が居間から出て来た。

「すっかり失念しておったわい。俺はこれからいまの件で米沢町へ行かなきゃなんねえ。日本橋の磯幸にもなあ」

磯幸に行けば、美形の奈美に会える。

「本所三ツ目じゃねえんなら、俺も行きたいぜ」

「いや。きょうあすはいつ小谷の旦那からどんなつなぎが入るかしれねえ。峰岸大膳との兼ね合いもあらあ。またすまねえが、留守居をしていてくんねえよ」

「仕方ねえなあ」

市左は承知し、鬼助は居間に戻るといつでも飛び出せる職人姿から空脛素股の中間姿に着替えはじめた。浅野家臣の件で出かけるのだ。

市左が驚いたように、

「おっ、兄イ。この寒いのに中間さんかい」

腹巻に冬場は下に腰切の襦袢《じゅばん》を着けるが、あとは紺看板一枚で、腰から下は猿股《さるまた》一丁に腿《もも》はむき出しである。中間時代、この姿で冬場、外で片膝をつきじっとしているときなど、寒気で下半身に神経がなくなり、腿が紫色に腫れ上がったものである。それを思えば、きょうは外で待たされることもなく、ほとんど動きまわっているのでまだましである。

身なりがととのい、木刀を腰の背に差した。かつての気分がよみがえってくる。

「さあ、行くか」

と、言ったところへ、

「兄イたち、いるかい」

縁側から聞こえたのは、千太の声だった。きのうの早朝のように息せき切ったようすではなかった。だが、のんびりした声でもない。きのう市左に頭を小突《こづ》かれたものだから、きょうは端《はな》から声を抑《おさ》えている。

「おう、どうしたい。なにか動きがあったかい」

職人姿の市左が縁側に出た。

鬼助はすでに中間姿をととのえ、木刀まで帯びている。それを千太が見れば、即小谷の耳に入る。

（ふむ。浅野家臣の件で動いておるか）

詮索するだろう。鬼助を堀部家の元中間と知っている小谷は、なかばそれが目的で隠れ岡っ引に取りこんだのだ。だが鬼助にすれば、浅野家臣の動きなど誰にも話すことはできない。

縁側で千太は、

「あった、あった。大ありでさあ」

大きくなりかけた声をあわてて抑え、

「鬼助の兄イは？」

「ああ、そこで寝てらあ。あとで俺から話しておく。さあ話せやい」

市左はうまく合わせ、鬼助は障子の内側で聞き耳を立てている。千太は縁側に腰かけ、あぐらを組んだ市左に顔を近づけ、低声《こごえ》をつくった。

「あっしがきのう暮れかかったころ、根岸の上州屋の隠宅に走りこんで、小谷の旦那に深川の清住町の件を話したと思ってくんねえ」

「ああ、思った。それで旦那はどうしなすったい」

「よくやったと褒めてくださり、それからが大変《てえへん》だった」

「どんなふうに」

「土地のお百姓が見た人影というのは、三人だった、と。朝早くに上州屋へ物見《ものみ》に来たのも三人。間違えねえ、ともかく身柄《みがら》を押さえ、それから吐かせる、と」

「ほうほう。見込みだけでしょっ引く荒っぽいやり方だが」

市左は肯是《こうぜ》のうなずきを入れた。

千太はまた大きくなりかけた声を抑え、言葉をつづけた。

「夜のうちに奉行所へ一度戻り、もちろんあっしも一緒でさあ」

「そりゃあおめえがいなきゃ、やつらの塒の場所がわからねえからなあ」

「そうなんだ。兄イたちにゃ感謝してやすぜ」

「それはいいから、それでどうなったい」

「与力の旦那も出て来なすって御用提灯に六尺棒の捕方を集め、打込みの準備さ。小谷の旦那も籠手《こて》に脛当《すねあて》に鉢巻、たすきがけよ」

(ほう)

障子の内側で鬼助はうなずいた。

千太の声はつづく。

「夜中に深川まで舟で行き、五艘か六艘でしたぜ。提灯は舳先《へさき》に一張《ひとはり》だけで、聞こえるのは櫓を漕ぐ水音だけ。緊張しやしたぜ」

「そうだろ、そうだろ。で」

「ほれ、昼間、鬼助の兄イが出て来るのを待った、あのあたりの岸辺で待機さ」

「ほう、あそこでなあ」

「それで夜明けとともに一斉に岸辺に上がり、あっしの道案内であの脇道から路地へ駈けこみ、そのままワッと打込みよ」

（ほーう）

障子の内側で、鬼助はまたうなずいた。

「三人ともお縄にしたかい」

「あたりめえよ。寝込みを襲ったんだぜ。有無《うむ》を言わせねえさ」

千太はまるで自分が先頭を切って打込んだように話す。打込んだのは同心と捕方だが、道案内のときは千太が先頭だったろう。

ともかく間髪《かんはつ》を入れない夜明けの打込みに、三人とも取り押さえた。

「それでよ、陽が昇ったばかりの大川から舟で日本橋川の掘割へ入り、茅場町の大番屋まで直行さ。舟があんなに便利なものとは知らなかった。江戸中のお人ら、清住町の住人を除いては、夜明けに捕物があったことなど誰も気づいちゃいねえはずだ」

「で、いまごろ大番屋で、小谷の旦那が松助らを詮議なすってるって寸法かい」

「たぶん」

「たぶんっておめえ、日の出のころにやつらを大番屋に引いて、それでここへ走って来たにしちゃあ……、どっかで道草喰っていやがったのかい」

「そんなことござんせんよ。話はまだありまさあ」

「ほっ、どんな」

「大番屋にあっしらが着くなり、待っていなすった別の同心の旦那が捕方五、六人を連れて馬喰町に走り、上州屋に踏込んで番頭の勝蔵と奥向き女中のお華ってのを一丁目の自身番、ほれ、けさ、あっしが顔を出したあの自身番でさあ」

「わかってらあ。さきをつづけろい」

「詮議したきことあり、とそこへ引きやしたぜ」

（ほう）

障子の内側で鬼助は再度うなずき、千太の低く抑えた声はさらにつづいた。

「へへん、おもて向きは与力の旦那の指図でやすが、段取りをつけなすったのはすべて小谷の旦那でさあ。勝蔵とお華も大番屋に引くか、それともいったん上州屋に帰して町内預かりにするかは、きょう一日ようすをみてからにする、と。それらの段取りがついたところで、これを兄イたちに知らせろって旦那に言われて走って来たって寸法でさあ」

「そうかい、そうかい。それでこの時分になったってことだな」

「さようで。それで小谷の旦那からいつどんなつなぎを入れるかわからねえから、おめえら二人どこへも出ず、ここでおとなしゅう待ってろって。いえ、あっしが言っているんじゃなく、小谷の旦那がそのように」

「あたりめえだ」

「へえ」

市左が怒ったように言ったのへ、千太は首をすぼめて腰を上げ、

「これで全部でさあ。ちゃんと伝えやしたぜ。あっしはこれからも旦那のそばにいなきゃならねえので」

と、おもての通りのほうへ走り去った。

きのう三人組の塒《ねぐら》を突きとめたことが、きょうの動きの基《もとい》となっているせいか、小柄ながら千太の背は意気揚々としていた。

「と、そういうことでえ、兄イ」

市左が居間に戻ってあぐらを組んだのへ、鬼助は、

「それにしても千太のやつ、あれだけのことが順序よく喋れたなあ」

「そのようで」

「つまり小谷の旦那は、あの三人組を詮議し、そこから勝蔵とお華の名を引き出せれば、即二人を馬喰町の自身番から大番屋へ移し、本格的に詮議しなさる算段だろう」

「名を引き出せなきゃ、しばらく町内預かり。どっちにしろやつらめ、もう蛇に睨まれた蛙ってとこでさあ」

「確たる手証もないまま、小谷の旦那がそこまでやりなすったってのは、市どん。おめえが深川であいつらを知っていたことが背景となってらあ。おれたちに、松助ら三人組を尾けさせたのもなあ」

「まあ、そうかもしれねえ。ということは、俺の与太暮らしも無駄じゃなかったってことになるなあ」

鬼助はうなずき、

「やつらを睨んだ蛇とは小谷の旦那よりも、市どん、おめえかもしれねえぜ」

「へへ。いずれにせよ、悪徳は許せねえからなあ」

と、市左もまんざらでもなさそうな顔になっていた。

大番屋に引けば、これはもう科人《とがにん》扱いであり、つぎに待っているのは小伝馬町の牢屋敷である。

自身番に留め置くのはまだ〝怪しいやつ〟の段階で、町内預かりはいったん自宅に戻すが、町から外へ出てはならぬといったものである。この場合は町役たちが責任を持って監視しなければならない。

町役はその町の地主や家主、大店《おおだな》のあるじたちで構成されており、監視役に若い者を雇わねばならず、町の負担は大きなものとなる。

留め置きはむろん、手間も出張《でば》って来た同心たちの接待もすべて町の費消《ひしょう》となるから、いま馬喰町一丁目は上州屋のために大きな負担を強《し》いられていることになる。千太がきのう自身番に入ったとき、緊張の糸が張られていたのは、それを心配してのことだったのだ。

いずれにしろ、勝蔵とお華はいま自身番で身柄を拘束され、外部との接触を絶たれている。二人にとって、これは大打撃であろう。

「あっ、いけねえ」

鬼助がいきなり立ち上がった。中間姿である。

「兄イ、どうしたい」

「どうしたいって、いま両国の米沢町に行くところだったんだぜ。小谷の旦那は二人ともここにいろってことだが、こればかりは行かなくちゃならねえ。すまねえ、大急ぎで行って大急ぎで帰《けえ》ってくらあ。留守居、よろしゅう頼むぜ」

いまにも外へ駈け出しそうに言う鬼助に市左も立ち上がり、

「仕方ねえ、浅野家のことだもんなあ。早めに帰《けえ》って来てくれよな。殺しの大事件に、まだなにが潜んでいるかわからねえ」

「ああ、いいともよ」

真冬に腿をむき出しの中間姿で鬼助は腰の背の木刀を手で確かめ、玄関の土間に飛び下りるなり雪駄《せった》をつっかけ、外へ飛び出した。

「早う帰《けえ》って来てくれよなあ」

市左は玄関まで出て声を投げた。

四

鬼助は急いだ。両国米沢町に行き、そのあと日本橋室町に行って急ぎ戻って来なければならない。

大伝馬町の通りを馬喰町に入り、上州屋の前を通った。

暖簾は出ておらず、雨戸も閉まり、小さな潜《くぐ》り戸がわずかに開いているのが、かろうじて留守でないことを示している。なるほどいま、若いあるじの良之助と手代の平七は根岸に出向き、新たな番頭の勝蔵と奥向き女中のお華は自身番に引かれ、店を仕切る者がいないのだ。

野次馬はもういないが、近所のおかみさん風の女が三人ばかり雨戸の前に立ちどまり、なにやらひそひそ話をしている。

通り過ぎ、脇道に入り自身番の前を通った。どこの自身番も奥に板張りに板壁の部屋を備えている。町内で怪しい者や暴れ者を拘束したとき、役人が来るまで留め置く部屋である。もちろんそこでも詮議はされ、柱には縄をつなぐ鉄の鐶《かん》が付いている。

腰高障子の前に六尺棒を持った捕方が二人、門番のように立っていた。警戒は厳重なようだ。勝蔵とお華が縄目を受けているかどうかはわからないが、同心が出張っているからには厳しく尋問されていることだろう。

おもての通りに戻った。いまはそれの確認よりも、高田郡兵衛の件である。

小走りになった。

米沢町の浪宅に、弥兵衛はいた。

「ほおう、中間姿で来たか。冷えるじゃろ。中へ入れ」

と、裏庭の縁側から居間に招じ入れられた。職人姿ならともかく、中間姿で居間に上がってあるじとおなじ畳に座すなど、畏《おそ》れ多いことである。鬼助は部屋の隅で端座の姿勢を取り、用件を告げた。

「ほう、郡兵衛のほうから来たか。その日、おまえも同道せよ。なお、このことはまだ安兵衛に話すでないぞ」

「はっ」

弥兵衛がゆるめたほおを引き締めて言ったのへ、鬼助は真剣な表情で返した。

吉良邸からまた新規雇いの浪人の身状調べを依頼された件は、

(上州屋のカタがついてから)

と思い、和佳の淹《い》れた熱い茶を一杯、恐縮しながら馳走になり、急ぐように隠宅を出た。

また大伝馬町の通りを経て神田の大通りに出たが、上州屋はやはり雨戸が閉まったままで、潜り戸がわずかに開いているだけだった。干物の行商人などは、さぞ戸惑っていることだろう。

午《ひる》に近い時分になっていた。

一膳飯屋はもちろん、料亭でもそろそろ書き入れ時となるころである。

行儀作法指南の奈美は、そうした時間はかえって暇である。

鬼助は裏手にまわり、勝手口から訪《おとな》いを入れた。出て来た下男とはすでに顔見知り

である。奈美もすぐに出て来て中間姿の鬼助を見るなり、

「えっ、弥兵衛さまもご一緒？」

思わず言った。衣装は赤穂藩邸にいたときとおなじ矢羽模様の腰元姿である。中間姿の鬼助と話していると、双方とも平穏であったころが一瞬だが戻って来たような気になる。だが、話す内容はその逆である。

奈美が部屋へと勧めるのを謝辞し、裏庭での立ち話になった。

そこに急進派である高田郡兵衛の名が出て、しかも堀部弥兵衛と極秘の談合とあっては、

（いよいよ動き始めた）

奈美は思ったか緊張した表情になり、

「あさってですね。承知しました」

と、そのために鬼助はわざわざ中間姿で来たと解釈したようだ。

奈美は磯幸で奥に六畳ひと部屋を与えられており、赤穂藩ゆかりの者が来たときは、おもての座敷は使わずそこが談合の場となる。

さきを急ぐ鬼助を、奈美は裏戸から路地まで出て見送った。

ふたたび鬼助は神田の大通りに歩を踏みながら、

(無理もねえ。奈美さん、勘違いしているようだ)

と、鬼助には高田郡兵衛のようすから、

(まさか)

と、思いながらも、一応の見当はついていた。

寒気をふり払うように、ふたたび駈け足になった。

日本橋から神田の大通りをまっすぐ進めば神田川の筋違《すじかい》御門の火除地広場に達し、両国広小路に向かう大伝馬町の通りは、その途中から東へ延びている。神田の大通りをもうすこし進めば小伝馬町を経る通りも延びており、それも両国広小路につながっている。

鬼助と市左の棲家がある百軒長屋は、その大伝馬町の通りと小伝馬町の通りのほぼ中間で、その境にあることから一帯は大でも小でもなく単に〝伝馬町の百軒長屋〟と呼ばれている。

鬼助が玄関の腰高障子に音を立てると、

「おぉう、兄イ。早かったじゃねえか。もっと時間がかかると思ってたぜ」

市左が廊下に足音を重ねた。

「どうだい、あったかい。小谷の旦那からのつなぎ」

「いや、なかった」

言いながら二人は居間に戻り、

「足に寒さが突き刺さりやがるぜ」

と、鬼助は股引を穿き、職人姿に着替えて褞袍《どてら》を肩にかけた。

さらに炭火の入っている長火鉢に手をかざし、

「おぉう、生き返ったぜ」

と、あさってまた出かけることを話し、上州屋と自身番のようすも話した。

市左はうなずき、

「そりゃあ、大番屋や自身番での詮議はどう進んでいるか楽しみだぜ。小谷の旦那、いきなり石板を膝に乗せたり三角木馬にまたがらせたりの牢問《ろうとい》にはかけねえだろうが、待っている身も疲れるぜ」

「だったら、市どんもちょいと上州屋を見て来るかい。ま、俺が見たときと変わりはねえと思うが。おっ、足音」

奥の長屋の住人が路地を入って行っただけだった。

小谷からのつなぎもお島の帰りも待たれる。

午後からは雲が出てそれも低く垂れこめ、空気もいっそう冷たくなり、

「この分じゃ、落ちてくるかもしれねえなあ」

と、市左が縁側の雨戸を半分閉めた。

日射しがないので時刻のほどはわからないが、普段なら日の入りにはまだかなりの間があると思われるころ、

「ちょいと上がらせてもらうよ」

縁側から声が入って来た。お島だ。

「おっ」

鬼助と市左は同時に腰を上げた。

明かり取りの障子を開けると、お島はもう縁側に上がり背の行李を降ろしながら、

「ご覧な」

「おっ、やっぱり」

雪が降っていた。

お島は肩のあたりを手で払い、市左が手招きし居間に入った。

「降らないうちにと思って早めに帰って来たのだけど、大伝馬町の通りから百軒長屋への枝道に入ったところでとうとうさ」

言いながら長火鉢の前に座り、鬼助が外から帰って来たときのように、

「わあ、生き返る」

と、かじかんだ手を炭火にかざした。

雪は降り出したばかりで、地面はまだ白くはなっていなかった。

お島が縁側に腰をかけていくのはいつものことだが、居間に入るのは珍しい。いまは雪がそのようにさせている。

さっきお島は〝大伝馬町の通りから〟と言ったが、やはり馬喰町の界隈をながしていたのだろう。

市左がお茶の用意にかかり、鬼助は問いを入れた。小さな手焙《てあぶ》りではなく長火鉢だと、五徳《ごとく》を置けば常に薬罐《やかん》をかけておけるので便利だ。

「どうだったい、上州屋のようすは。午前中、俺もちょいとあの前を通ったのだが、店は閉まってたなあ」

「あたりまえさね。閉まってたどころの騒ぎじゃないのさ。ああ、あったまる」

お島は市左の淹《い》れた茶を一口飲み、話しはじめた。

「見たわけじゃないけどね、朝方にお役人が上州屋さんに踏みこんで、新しい番頭の勝蔵さんと奥向き女中のお華さんを自身番に引いて行ったのさ。それも勝蔵さんは馬喰町一丁目に、お華さんは二丁目のほうへ」

二人は別々に身柄を拘束されたようだ。これは鬼助も気づかなかった。詮議も本格的ではないか。

鬼助は訊いた。

「引かれるとき、二人は縄目をかけられていたかい。それとも、連れて行かれただけかい」

「あ、そこは聞いていなかった。でもさ、午《ひる》が過ぎ、かなりたってからのことだったっていうよ。二人とも茅場町《かやばちょう》の大番屋に引かれて行ったって」

「えぇえ！」

「大番屋へ！」

鬼助と市左はまた同時に声を上げた。小谷同心はうまく詮議し、松助たちの口から勝蔵とお華の名を引き出したようだ。

もとよりお島は、鬼助と市左が深川清住町まで怪しい三人組を尾け、奉行所が動くきっかけをつくったことは知らない。三人組の引かれたのが水路だったから、町にもそのうわさはながれていない。

お島は得意げにつづけた。

「大番屋といえば、もう科人《とがにん》さね。そのときは当然、縄をかけられていたと思うよ。

その場を見られなかったのは残念だったけど、町のお人ら言ってたよ」

「なんて」

と、市左。

「根岸で大旦那と前の番頭さんが殺されなすったの、勝蔵と華がそう仕向けたのじゃないかってね。だとしたら、恐ろしいよう。大旦那を殺害させるなんて、自分で手を下さなくったって死罪は間違いないさね。下手《へた》すりゃあ磔刑《はりつけ》のうえ獄門《ごくもん》で首が鈴《すず》ケ森《もり》か小塚原《こづかっぱら》にさらされるよ。おお、怖い」

お島は肩をすぼめてぶるると震わせた。

鬼助と市左は顔を見合わせた。事態は想像以上の速さで進んでいる。

「だからさあ、お店は閉まってたどころじゃないのさ。お手代の平七さんはおチカさんと一緒に根岸のほうだし」

お島はつづけた。お島にとっては、ここからのほうが本題である。

「平七さんとおチカさん、お店のそんな雰囲気を察知し、怖くなって逃げ出そうとしたんだろうかねえ。だったら間に合わなかったってことになるし、変に巻きこまれなきゃいいのだけど」

「なあに、見るからにまじめそうなお人じゃないか、平七どんは。そんな物騒な話に巻きこまれるはずねえさ」

「そう。いまごろ根岸で若旦那じゃねえ、良之助旦那をおチカさんたちと一緒に助《す》けて、通夜の準備でもしていなさろうよ」

鬼助が言ったのへ市左がつないだ。

お島はいくらか安堵の表情になり、

「でもさ、もう夜逃げどころじゃなくなったじゃないか。これからどうなるんだろうねえ」

と、見倒しの割前をもうあきらめたように言った。

市左が慰めるような口調で返した。

「そう、どうなるかわからねえ。上州屋になにか変わったことがあって引っ越しなんてことになりゃあ、平七どんにつなぎを取って荷運びの仕事をまわしてもらわあ。そのときは最初に話を持って来てくれたのはお島さんだ。割前はちゃんと出させてもらうぜ。なあ兄イ」

「おう、もちろんだ」

鬼助が応えたのへお島は、

「ほんとう?」

と、期待の視線を二人へ交互に向け、

「あらあら、外がもう暗くなりかけている。早く帰らなきゃ」

腰を上げた。

二人はすっかり冷えきった縁側に出て見送った。

さいわい雪は激しくなっておらず、降りはじめとさほど変わりなく、地面がすこし白くなっている程度でまだぬかるんでもいなかった。

「おー、寒い、寒い」

お島は行李をかかえ持ち、奥の長屋へ白い息を吐きながら走って帰った。

このあとすぐ夜に入ったためか、雪のせいもあろう千太が息せき切って伝馬町へ駈けこんで来ることはなかった。

五

翌朝、起きると冷えこみは一段と厳しくなっていたが、雨戸を開けると、

「ああ、よかった」

市左が声を上げた。雪は熄《や》んでおり、地面はまばらに白く、積もるというより湿っ

ている感じだった。凍っているのだろう、出たばかりの朝日を反射している。積もっていたりすれば、数日ぬかるみ外に出られなくなる。

奥の長屋の井戸から声が聞こえ、七厘《しちりん》の煙もただよってくる。

棲家でも朝の支度に入り、鬼助が台所に立っていた。中間《ちゅうげん》のころ、台所仕事もよくやり、鬼助のつくる味噌汁には和佳も安兵衛の内儀の幸も感心するほど、堀部家では定評があった。

市左も、

「うひょー、これはたまんねえ」

と、感嘆の声を上げ、毎日舌鼓を打っている。いまでは鬼助の調理した味噌汁が、市左の一日の活力源になっている。

その味噌汁を味わっているところへ、

「まだいるようだねえ」

と、お島の声が縁側越しに入ってきた。

市左が出ると、

「きょうは午前中、長屋《うち》でようす見にするよ。道がぬかるんで化粧品が汚れたんじゃ売り物にならなくなるからねえ」

と、わざわざそれを告げに来た。

「おう。俺たちもそのつもりだ」

互いに白い息を吐く。

「千太さんがなにか知らせに来たら、あたしにも教えてよねえ」

お島は言うと、

「おー。寒い、寒い」

両手で肩をかき寄せ、奥の長屋へ駈けこんだ。地面が湿っているせいか、下駄を履いているのに霜柱《しもばしら》を踏みくだくような音しか立たない。やはりこの分では道はいくらかぬかるみそうだ。

鬼助が水桶を玄関の土間に出した。足洗いの水で、雨の日やぬかるんだ日にはどこの家でも必需品で、飲食の店などは大きな盥《たらい》を店の出入り口に出し、常に湯を満たしている。

玄関から顔を出し、

「この分なら、午前中すこしはぬかるんで、午後には湿りだけかな」

つぶやき、居間に戻った。あしたの往還の具合が気になる。弥兵衛のお供をして磯幸へ行くことになっているのだ。真冬のぬかるみに中間奴《やっこ》のお供はほんとうに辛い。

足が凍てついたようになる。

そのような日に褞袍《どてら》を着こんで長火鉢に寄りかかっているなど、まさしく極楽である。だが、市左がきのう言ったように、待っているのもけっこう疲れる。

きのう夕刻近くに勝蔵とお華が自身番から大番屋に移されたとなると、本格的な詮議はきょうからであろう。すでに始まっていようか。

「途中報告でもいいや。千太め、駈けこんで来《こ》んかなあ」

「足に湯をかけてやって、居間に上げてやるんだが」

鬼助が言ったのへ市左も返すように言った。

午後には歩けば足がいくらか汚れる程度で、ぬかるみは上がっていた。

お島は長屋で掃除、洗濯に半日を過ごし、上州屋のようすはつかめなかった。

この日早朝、上州屋の小僧が根岸へ、勝蔵とお華が大番屋に引かれたことを知らせに走った。二人が自身番に連れて行かれたことは、きのうのうちに小僧が知らせに走っていたが、そのとき良之助は、

「――なにかの間違いです。そう、間違いです。すぐ放免されますよ」

平七に語り、それよりも葬儀の準備だった。

ところが一日明けたきょう、朝方に足袋跣《たびはだし》で駈けこんで来た報《しら》せが、

「縄付きで、大番屋に引かれましたあっ」

であったのだ。良之助はその場に崩れこんでしまった。

平七が確かめるため、足袋跣になり報せに来た小僧と一緒に馬喰町へ駈け戻った。

まだ午前《ひるまえ》である。

自身番に問い合わせると、事実だった。

そればかりではない。

——新番頭が大旦那と前の番頭を殺した

うわさがながれるなかについた尾ひれかもしれないが、

——上州屋を乗っ取るためだったそうな。良之助さんまで殺されるところ、事前にお縄になりよかった

それらが自身番の町役たちのあいだでも語られていた。

平七にはそれが、他人の根も葉もないうわさではなく、

(やはり)

と、顔面蒼白となりながらも、現実のものとして受けとめられた。

外気の冷たさを感じなくなるほど背筋を凍らせ、根岸へ取って返した。夜逃げのことなど、念頭から吹き飛んでしまっている。

戻ると、良之助は葬儀の準備どころか寝込んでしまい、手伝いの小僧も女中のおチカたちも、さらに役人たちも困り果てていた。

だが、言わねばならない。

「旦那さま、実は……」

平七はその枕元に言った。

「えっ、うう。そんなことっ。お華、お華……」

良之助はお華の名をうめくように呼び、布団の中で気を失ってしまった。殺された大旦那の良兵衛は、身代をせがれに譲るのが早過ぎたようだ。

根岸で良之助が失神したのは、

「こっちから茅場町の大番屋に行ってみるか」

と、伝馬町の棲家で鬼助が市左に言っているころだった。

すでに午《ひる》をいくらか過ぎている。雲間から陽光がこぼれ落ち、往還は湿り気だけで歩いてもハネを上げることはなくなっていた。お島は午《ひる》ごろ、この分ならばと行李を背負って仕事に出ていた。きょうも馬喰町のほうをまわっていることだろう。

市左がじっとしているより動きたいのか、

「ちょっとおもてを見てくらあ。千の字が走って来るかもしれねえから」

と、下駄をつっかけおもてに出た。

大伝馬町の通りまで出た。

「えっ、ほんとに？」

と、市左は立ち止まり、目を凝らした。往来人たちの肩越しに、神田の大通りのほうから小柄な千太の駈けて来るのが見える。

千太も市左の立っているのに気づき、

「おっ、兄イ」

と、駈け寄ってたたらを踏み、

「いいところで会った。いま兄イたちの家へ行くところでやした」

「ほう、なにかあったかい」

市左は千太の背を近くの枝道のほうへ押した。

「いま、小谷の旦那が捕方を連れ、松助たち三人を小伝馬町の牢屋敷に引いて行っているところでさあ」

さすがに大声ではなく、低声で言った。

市左もそれに合わせ、

「ほう。ついに牢屋敷かい」

「へえ。それであっしは旦那に言われ、神田の大通りでご一行と別れ、こっちへ駆けて来たって寸法さ。旦那方はもう大通りから小伝馬町の通りへ入《へえ》りなすっているはずでさあ」

「ほっ、それで俺たちにも牢屋敷に来い、と？」

「いえ。牢屋敷で一段落ついたら、帰《けえ》りに兄イたちのところへ寄るから、部屋を暖かくして待っていろ、と」

「ほう、旦那のほうから来てくれるかい」

小伝馬町の牢屋敷から南町奉行所に戻るのも、組屋敷のある八丁堀に帰るのも、百軒長屋の一帯は近道ではないが、ふらりと立ち寄れる道筋だ。

「さあ、告げやしたぜ。あっしも旦那のお供で牢屋敷に行かなきゃならねえので」

と、そのまま脇道を小伝馬町の方角へ駆けて行った。千太の足なら、囚人を引いた一行に牢屋敷の前あたりで追いつくだろう。

「うひょ。小谷の旦那、やることが迅速だわい」

つぶやき、棲家への枝道を返した。

雲間からの陽光が、まだ太陽の高いことを示している。

玄関の腰高障子を勢いよく引き開けると、

「どうした、早かったじゃねえか。無駄足だったろう」

「いや、それが大当たりでえ。千の字が走って来やがったい」

鬼助の声に市左は返しながら居間に入った。下駄を履いて行ったので、足袋は濡れていなかった。

「えっ」

驚く鬼助に、市左は長火鉢の前に座りさっきの話をした。

「ほう、もう小伝馬町かい。あとは牢内でお白洲《しらす》を待つだけだな。なんとも小谷の旦那は、清住町への打込みといい、勝蔵らの茅場町への引き立てといい、やりなさることが速《はえ》えぜ」

「俺もそれを思いながら急ぎ帰《けえ》って来たのさ」

「で、勝蔵らはまだ茅場町の大番屋かい」

「あっ、それ、聞かなかった。千太め、引いて行ったのは松助ら三人と言ってやがったから、勝蔵とお華はまだ茅場町でやしょう。だが、おっつけやつらも小伝馬町送りになりまさあ」

「たぶんなあ」

二人は話し、長火鉢の炭を用意し、急須の茶葉を入れ代えた。

六

小谷が千太をともない、伝馬町の棲家へ縁側から声を入れたのは、思ったより早くまだ陽の高い時分だった。

市左がすかさず縁側に出て、

「おっ、旦那。話は千太から聞いておりやす。玄関のほうへまわってくだせえ。足の湯を準備してありまさあ」

「ほう、それはありがてえ」

小谷は玄関にまわり、千太もそれにつづいた。

鬼助が長火鉢の五徳にかけていた薬罐で、玄関の足洗の水に熱湯を入れ、ちょうどいい具合の足湯にした。こうした日、人を迎えるのに足湯はなによりの馳走《ちそう》である。同心や岡っ引が、下駄を響かせて町を歩いたのではサマにならない。雪駄《せった》で足袋《たび》がけっこう湿っている。脱いで素足を湯に浸ける。

「くーっ。指先に血がまわりはじめたぜ」

小谷は満足そうな表情になった。

居間では四人があぐら居になって長火鉢を囲み、湿った足袋を長火鉢の小縁《こべり》にかけているのだから、なんとも色気のない景色だ。千太も市左に勧《すす》められ、遠慮気味にそうしている。

「まあ、これで一段落ついたが、ちょっとさきを急ぎ過ぎたぜ」

小谷は反省気味に言った。

「えっ。胸のすくような迅速さじゃなかったですかい」

「そうでさあ。早々にあの三人組を牢屋敷に送ったことも。やつらが繋《つな》がれて行くところ、見たかったですぜ」

鬼助の言ったのへ、市左がつないだ。

小谷は自身番に引いた勝蔵とお華を店へ戻さず、大番屋に移すのを急ぎ過ぎたと言う。大番屋へ移すには、相応の手証がなければならない。それには三人組の口から勝蔵とお華の名を吐かせることである。

「牢問にはかけなかったがなあ……」

小谷は言う。

当然ながら大番屋での詮議で三人とも、

「――知らねえ。根岸など、行ったこともねえ」

「――なんでいきなり俺たちが大番屋《ここ》に引かれたのか、理由《わけ》がわからねえ」

の一点張りだった。

そうした押し問答がつづいたあと、小谷は三人それぞれに言った。

「――おめえら、土地の者に面《つら》を見られているんだ。その百姓がもうすぐここへ来らあよ。おめえらが三人で勝手に押込み、上州屋の隠居と番頭を殺《や》っちまったのなら、磔刑《はりつけ》のうえ獄門台でさらし首だ。十文字に張り付けられ、錆びた槍で幾度も刺されるなんざ、この世の地獄だぜ。そのうえ、首は獄門台で胴は試し斬りよ」

三人ともうそぶいて聞いていた。

小谷は牢問をちらつかせながら、さらに言った。

「――誰かに指図され、上州屋の隠宅に押込んだってんなら、まあ打首で苦痛もなく瞬時に首を落とされるか、うまく行きゃあ遠島でそのうちご赦免《しゃめん》になる道も開けらあ。土地の百姓が来てからじゃ遅いんだぜ。早々におめえらの寝込みを襲って大番屋に引いたのも、確証があったからだぜ。考えてもみろい、奉行所がおめえたちの塒《ねぐら》をなんで知っていたか。あの日の晩、あの塒はカラで、おめえたちいなかったよなあ。あは。おめえら三人、夜明け前《めえ》にそろって帰《けえ》って来やがった」

これには三人とも青くなった。見張られていたことになる。

まず松助が落ち、つづいて他の二人も落ちた。

そこに首謀者として勝蔵とお華の名が出て、すかさず二人を自身番から大番屋に移したのだった。

「それがまずかった」

と、小谷は言うのだ。

勝蔵とお華はなかなか強情者《すじもの》で、当初の三人組のように知らぬ存ぜぬの一点張りだった。だが、平七らの供述から、勝蔵とお華の策謀が明らかになってきた。

勝蔵とお華が、分け店を出すためと言って良之助に借りさせた三百両は、勝蔵たちのふところに入っている。

店に三百両の借財があることを知った平七が、根岸には行けないから秘かに前の番頭に相談し、驚いた番頭は根岸へ良兵衛を訪ねた。それを良之助から聞いたお華は驚き、勝蔵と相談し、つぎに前の番頭が根岸の隠宅へ訪ねる日を良之助から聞き出し、勝蔵が松助ら三人に命じ、良兵衛と前の番頭を殺害させたのだった。

それを聞けば、町のうわさが先取りして言っていたように、つぎには良之助が葬《ほうむ》られたかもしれないことが現実味を帯びてくる。手代の平七も狙われていたのかもしれないのだ。あるいは、女中のおチカも……。

それだけではなかった。さすがは名うての悪党で、勝蔵はさらに素早く動こうとしていた。

「――あっしら、それを知らされ、楽しみにしておりやしたので」

松助は言ったという。

勝蔵は一両日に上州屋そのものをたたき売り、お華や松助らを連れ遁走《とんずら》する算段だったようだ。町場では市左や鬼助のように、夜逃げをする者の家財を安く見倒して買取り、それを古着屋や古道具屋に売って利鞘《りざや》を稼ぐ見倒屋がいるように、もっと奥の世界では、倒産しそうな商舗を現金で安く買取り、それを転売する勢力もある。そうしたやつらがきょうあすにも上州屋に来て、

「勝蔵と談合するかもしれなかったのだ」

小谷は声を落とした。

「そのとき勝蔵も華も上州屋にいて、そやつらと会っているところへ踏込んだなら、それこそ一網打尽《いちもうだじん》にできたんだ。どうせやつらも、勝蔵みてえのとつるんでいる悪党だ。いや、勝蔵たちより、もっと大物だぞ」

低い声で、いかにも残念そうな言いようだった。

（なるほど）

鬼助は思ったが、

「したが、旦那。こたびの旦那の迅速な動きは、目が覚めるようでしたぜ」

「ああ、迅速に動けたのはおめえらのおかげだ。礼を言うぜ」

「滅相もございやせん」

市左が顔の前で手の平をふったのへ千太は、

「へへん」

自慢するように鼻を鳴らした。最初に自分の目で三人組の塒を確かめたのが、よほど嬉しいようだ。

鬼助は小谷に視線を向け、

「で、このあとどうしやす」

「どうするったって、牢問はやりたかねえが、ともかく勝蔵とお華にすべてを吐かせるまでだ。だから松助ら三人の小伝馬町送りを急いだのよ。縄を打ってわざと勝蔵と女牢のお華の前を引きずってなあ。小伝馬町に送れば、大番屋より厳しい詮議が待っており、あとはお白洲で裁許だ。おめえらもこうなるぞってな」

「松助らは、勝蔵やお華と目を合わせやしたかい」

鬼助が問いを入れた。

「おっ、鬼助。おめえ、いい質問するぜ。松助ら三人は、口元をゆがめながら目をそらしてなあ。勝蔵とお華は、引かれる三人を屹《き》っと睨んでやがった」

「よくも喋りやがったなって具合にですかい」

市左が言い、鬼助がつないだ。

「つまり、そこからも勝蔵とお華が首謀者だったってことが看《み》て取れる、と」

「そういうことだ」

小谷は返し、

「ともかくだ、この一件、このあとどこまで発展するか判らねえ。これからもおめえらの手を借りるかもしれねえ。しばらくこの棲家を留守にするんじゃねえぞ。そのあいだ、おめえらの本業の見倒屋は休業になろうが、なあに、穴埋めはちゃんとしてやらあ。おっ、足袋が炭火でもう乾いているようだ」

手に取り、

「ほう、こいつはあったけえ」

「ほんとで」

と、千太もそれにつづき、腰を上げた。

鬼助と市左は玄関まで出て、

「きょうはこれで八丁堀に帰《けえ》り、あしたからまた大番屋で勝蔵とお華を締め上げてやらあ」

と、言う小谷の背を見送ったのは、雲間の太陽が西の空にかなりかたむいた時分だった。

お島が帰って来るにはまだいくらか早い。隠れ岡っ引である以上、同心の小谷を居間に上げ、捕物の話をしている場面など、見られたくないところである。

おもての角に長身の肩と小柄な背が消えると、

「兄イ、お島の持って来た話が、とんでもねえことになりやがったなあ」

「まったくだ」

言いながら二人は居間に戻った。炭火がまだ煌々《こうこう》と燃えている。

「ふーっ」

鬼助は大きく息をついて腰を下ろし、

「あしたのことだが、俺は午過《ひるす》ぎには両国の米沢町へ弥兵衛さまを迎えに行かなきゃならねえ。帰《けえ》りはいつになるかわからねえ。それに加瀬さんから頼まれた峰岸大膳なる浪人さんの身状調べよ、こっちが忙しいからって、いつまでも放っておくわけにもいくめえ」

「ほっ、それそれ。あっしもさっき、小谷の旦那の話を聞きながら、それが脳裡にめぐっておりやしたぜ。そうだ、あしたは午前中、あっしがひとっ走り深川の清住町に走り、峰岸大膳のようすを探って来らあ。兄イは午から米沢町へ行くってのはどうですかい。それなら、ここを留守にすることにはなるめえ」

「ふむ、そうするか。それにしても、大事《おおごと》に取り組んだときに、なんでこうもいろんなことが重なるんだろうなあ」

「へへ。それだけ俺たちがこの世に、必要ってことじゃねえかい」

「そのようだ」

市左が言ったのへ、鬼助はうなずきを返した。

七

翌朝、市左はお島が仕事に出たのを追うように、

「それじゃ兄イ、ちょいと行ってくらあ」

と、職人姿で玄関を出た。

茅場町の大番屋では、すでに小谷同心が出張って強情者《すじもの》の勝蔵とお華の詮議を開始

し、小伝馬町の牢屋敷では、松助ら三人が過酷な牢暮らしの最初の夜を眠れないまま明かし、いまごろはまわりからいたぶられながら、遠島へのわずかな望みをつないでいることだろう。

「おう。午過ぎまでに戻って来なきゃ、俺も戸締りして出かけるから」

「ま、きょうは簡単な聞き込みだけだから、午には戻って来らあ」

「頼むぜ」

と、鬼助は玄関口で市左を見送った。

峰岸大膳の所在はわかっており、近所での評判を訊くだけだから、そう時間はかかるまい。

(裏を取るのはあとでいいだろう)

と、鬼助も軽く思い、

(さあて、高田さまの件は……おそらく……ま、それも仕方ないことかなあ)

思えば気が重くなる。

時の過ぎるのを待ったが、太陽が中天にかかっても市左は戻って来なかった。

「まあ、となり町じゃないのだから」

つぶやき、中間姿をととのえて雨戸を閉め、木刀を腰の背に差した。

大伝馬町の通りに出た。

上州屋の前にさしかかった。雨戸が閉まり、野次馬も出ていない。良之助も平七たちもまだ根岸にいるのだろう。行く末が案じられるが、どうなるにも小谷が言っていたように何者かにたたき売られるよりはましだろう。

思いながら通り過ぎた。

市左も行き帰りはおなじ道のはずだが、両国広小路に入るまで、出会うことはなかった。

米沢町の浪宅では和佳が、

「やはり喜助、その姿で来てくれたのですね」

と、鬼助の中間姿に目を細めた。

「へい。わたくしもこのほうが、気分が出るものですから」

鬼助は応え、弥兵衛のお供をしてすぐに出かけた。

実際、二本差に羽織袴の弥兵衛のあとについていると、以前に戻ったような気分になってくる。

武士がお供の中間と話しながら道を歩くことはない。

(以前はこうして挟箱《はさみばこ》を担いでいたものだが)

鬼助は思いながら、黙々と弥兵衛の背後に空脛素股で歩を進め、

(さすがは弥兵衛さま。大丈夫だ)

胸中にこみ上げてくる。

さっき浪宅の玄関で、幸が町駕籠を呼びに行こうとすると、弥兵衛は叱った。すでに齢《よわい》七十五というのに、その足取りは若い者に負けず、しっかりしているのだ。

そろそろ昼八ツ(およそ午後二時)である。

磯幸では堀部弥兵衛が来るというので、

「これは弥兵衛さま、お待ちいたしておりました。先方の方は、もうおいででございます」

と、奈美が玄関まで出て待っていた。

うしろに鬼助が片膝を地についている。本来なら中間はあるじが出て来るまで外で待っていなければならない。武家の体裁をとっている以上、弥兵衛もおもて向きはそれに従い、一人で上がった。だが、弥兵衛も奈美もそこは心得ている。

(裏へ)

奈美は鬼助に目で合図した。

女将《おかみ》も、

「まあまあ、これは堀部さま」

と、玄関に出迎え、そこでいくらか立ち話をし、奈美に案内され奥の部屋に通されたときには、すでに襖《ふすま》の前で鬼助が片膝をついて待っていた。鬼助にとって磯幸の裏手は、すでに勝手知った他人の家である。

奥の奈美の部屋である。浅野家に関わるどのような話が出るかわからない。一般の客が入るお座敷では、となりに声が洩れるおそれもあれば、廊下でどこの誰と顔をあわせるかもしれない。

「これこれ、鬼助。かようなところでそう畏《かしこ》まることはないぞ。あはは、しばらくそこで気楽に待っておれ」

「へい」

鬼助は廊下で腰を上げた。

廊下での声は、中で待っている高田郡兵衛にも聞こえているだろう。

代わって奈美が膝をつき、

「高田さま。弥兵衛さまがおいででございます」

襖を開けた。

下座で郡兵衛は両手をつき、ひたいまで畳に押しつけんばかりに平伏し、弥兵衛を迎えた。

その姿に、

(やはり)

弥兵衛は郡兵衛の用件が、心の中では間違いであってくれと願っていたのだが、予測したとおりのものであることを覚《さと》らざるを得なかった。その姿は、廊下の鬼助にもちらと見えた。鬼助の心情も、弥兵衛とおなじものだった。

襖が閉められた。

あとは奈美がこの部屋の仲居役となり、鬼助は襖の前に余人を近づけないように、廊下に端座の姿勢をとった。足が冷たかろうと、奈美が敷物と膝掛けを持って来てくれたのがありがたかった。

部屋の中では、

「まあ、そうしゃちほこばるな」

弥兵衛はなだめるような口調で言い、上座に足をあぐら居に組んだ。

ひと呼吸の沈黙がながれ、

「さあ、申してみよ。およそ察しはついておるわ」

「はっ」

郡兵衛は恐縮するように返し、

「その儀にございますれば……」

端座のまま上体を前にかたむけ、視線を畳に這わせ、弥兵衛と目を合わせられないまま話しはじめた。

郡兵衛には旗本の内田三郎右衛門《うちださぶろうえもん》という伯父《おじ》がいた。内田家に跡取りがおらず、浅野家の改易で郡兵衛が浪人になると、三郎右衛門は養子入りを持ちかけた。願ってもない話だが、もとより郡兵衛は安兵衛や奥田孫太夫《おくだまごだゆう》らと血盟を誓っている。肯《がえ》ずるものではない。だが、三郎右衛門の誘いかけは執拗だった。幾度も断わっているうちに三郎右衛門は一計を案じた。郡兵衛に言ったのだ。

「――おまえの存念はわかっておる。抜けよ。抜けて内田家の養嗣子《ようしし》になるのじゃ。さもなくば、わしはそなたらの存念をお上《かみ》に訴え出ようぞ。城下に得物を手に徒党を組むはきついご法度《はっと》じゃ。さすれば、そなたらの企《たくら》みは水泡に帰《き》そう。どうじゃ。おとなしく養嗣子となるなら、お仲間の存念はわしの胸三寸に収めておこう」

郡兵衛は迷った。迷いに迷った。

「仕方なかったのでございます」

言ったとき、はじめて郡兵衛は弥兵衛と視線を合わせた。

声は、廊下の鬼助にも聞こえている。奈美も鬼助の横で聞いていた。

「ふむ」

弥兵衛はうなずき、つぎの言葉には鬼助も奈美も驚いた。

「郡兵衛」

「ははっ」

「息災《そくさい》でな。鬼助、帰るぞ」

「はーっ」

廊下で端座のまま、鬼助は混乱と困惑のなかに返した。

奈美が運んだ茶にも茶菓子にも、まったく手がつけられていなかった。

帰り、玄関まで見送った奈美が、

「なにゆえにございます。なんの叱責もなさらず」

「ふふふふ」

弥兵衛は自嘲気味に嗤《わら》い、応えた。

「覆水《ふくすい》は盆に返らぬゆえなあ」

「………」

帰り、弥兵衛の足取りは重そうだった。

歩を踏みながら、

「鬼助」

と、弥兵衛はわずかに顔をふり返らせた。

鬼助は弥兵衛のすぐ背後に歩を進めた。

外を歩いているせいもあろうか、弥兵衛はいつになく低声《こごえ》だった。

「郡兵衛め、己《おの》が身のやすらかなるに傾倒したかのう」

「はっ」

「このこと、口外はならぬ。三ツ目には、わしから話すでのう」

「ははっ」

鬼助は返すと、弥兵衛からふたたび数歩、離れた。中間姿で、感想を述べることはできない。ましてそれを聞かされた安兵衛がいかようにいきり立ち、郡兵衛になにを言うか、鬼助の関わることではない。

ただ、あとで聞いたところによれば、弥兵衛は三ツ目の道場に出向き、

『向後《こうご》とも、郡兵衛がごとき者は出ようか。おのおの、心されたい』

つとめておだやかな口調で言ったという。

鬼助が予測していたとはいえ、重い足取りで伝馬町に戻ったのは、陽が西の空にか

なりかたむいた時分になっていた。

　市左はすでに戻っていた。

　廊下に足音を立てながら、

「兄イ、すっかり遅くなっちまったい」

「すまねえ。これでも早う帰《けえ》ったのだが」

「いや、遅くなったのはあっしのほうで。大変《てえへん》だ。厄介なことになっちまったぜ」

「峰岸大膳が引っ越しでもしていたかい」

「そう、そのとおりよ。しかも引っ越しがほれ、小谷の旦那が清住町に打込んだ日、おとといの朝早くに、いずことも知れず」

「なんだって!?」

　鬼助は仰天した。

三　別途夜逃げ

一

「どういうことでえ」

鬼助は市左を凝視した。

二人は長火鉢をはさみ、あぐらを組んでいる。

「清住町に入って聞き込みを入れたら、峰岸大膳はもういねえって、おなじ長屋の住人がみょうな顔で言うじゃねえか」

「それはわかるぜ。見てはいねえが、そう嫌われてもいねえようだったからなあ」

「それだけじゃねえ。引っ越したのが……」

小谷同心が捕方を引き連れ、夜明けとともに松助らの塒《ねぐら》へ踏込んだすぐあとだったというから、鬼助が仰天したのも無理はない。

「さっそく清住町のお人ら、うわさしてやしたぜ。引かれた三人とつき合いがあったから、自分も引合《ひきあい》で持って行かれるのを恐れたからだろうって」

「身に覚えがあるってことだな」

「そのとおりでさ。どんな覚えがあるのか聞き込むよりも、どこへ逃げたかでさあ」

「そう、それだ。で？」

「どこへともなく、と」

そのはずだった。引合を恐れて身を隠した者が、近隣の住人に行き先を話すはずはない。だが、さすがは年季の入った見倒屋である。逃げたときのようすを長屋の住人に訊いた。夜陰《やいん》にまぎれてではなく、珍しい朝逃げである。

松助らの塒《ねぐら》のほうに騒ぎがあった直後らしい。峰岸大膳が着の身着のままでいなくなった。そのすぐあと、男が大八車を牽いて来て、手際よく少ない家財を運んで行ったという。

「つまり、あっしらの同業ってことでさあ」

「なるほど。で、見当はついたのかい」

「へへ、同業はすぐ清住町に出張《でば》った。ということは、近くに住んでいるってことにならあ。あのあたりじゃ、富岡《とみがおか》の八幡《はちまん》さんの門前だ」

「ほっ。あの一帯は八幡さんに隣接する永代寺《えいたいじ》の門前町で、市どんの昔なじみの土地じゃねえか」

「そうなんで。あっしに見倒屋稼業を教えてくれた人が、いまでもあそこで商《あきな》っていまさあ。そこまで足を延ばして、それで午《ひる》には戻って来られなかったので」

「そりゃあご苦労さんだったなあ。で、どうだったい」

「久しぶりに会って景気を訊くと、二、三日めえに荷運びの仕事があっただけで、こんとこ古物買いでしのいでいるってぼやいておりやした」

「その荷運びってのが、峰岸大膳か」

「おそらく」

「確かめなかったのかい。運んだ先をよう」

「へへ、兄イ。そんなこと訊けるかい。口の堅いのが、見倒屋の信条じゃねえか」

「おう、そうだったな」

「しかし、一応は聞きやしたぜ」

「ほう」

「その荷運び、おなじ深川界隈で、運んだ先もてめえの住んでいるすぐ近くで、それに門前町によくふらふら来る浪人で以前からの知り合いだったもんで、大した儲けにはならなかったってよ」

「なんだ、あそこの門前町に引っ越したのか。奉行所の手から逃れたってわけだな」

「そうなりまさあ。まだありやすぜ。その浪人、近いうちにどこかお屋敷雇いになるらしくって、そのときは大した金にはならねえが身のまわりの物《ぶつ》を全部見倒して引き取るってえ約束ができているらしいや」

「そのお屋敷ってのが、吉良邸ってことだな。そうは問屋が卸さねえぜ。上州屋殺しの科人《とがにん》どもの引合を恐れて、永代寺の門前町に逃げこむようなやつじゃなあ」

「そういうことになりやしょうねえ」

鬼助も市左も、すでに峰岸大膳の身状調べの半分を終えたような気になった。松助や勝蔵たちの詮議のなかに、おそらく峰岸大膳の名も出てくるだろう。小谷から内容を聞くことはできる。この事件はそもそもが、鬼助たちが小谷に持ちこんだものなのだ。

話しているうちに、陽が西の空にかなりかたむいた時分になっていた。

縁側のほうから、

「いなさるかい」

千太の声だ。きのうも来たが、そのときは市左が大伝馬町の通りまで出ていて、そこで出会った。用件は松助ら三人の与太が小伝馬町送りとなり、それを告げに来たのだった。

きょうも、きのうとおなじような時分だ。

「おう、いるぜ」

市左が腰を上げ縁側に出て、

「そこじゃ寒かろう。上がりねえ。火鉢に火が入《へえ》っているぜ」

「いえ、用件だけだからここで」

「そうかい」

市左が縁側に立ったまま話しているのが聞こえる。

「で、用件は」

「きのうは松助たちでやしたが、きょうは勝蔵とお華も小伝馬町送りになりやす」

「ほう。早《はえ》えじゃねえか。きょうもその途中に寄ってくれたのかい」

と、鬼助も居間から出てきて縁側に立った。

「ああ、鬼助の兄イもおいでてでやしたかい」

と、千太は縁先に立ったまままつづけた。

「きょうはひと足さきに茅場町を出やして、二人は唐丸駕籠《とうまるかご》でさあ。それで小谷の旦那が、兄イたちはやつらの面《つら》をまだ見たことねえだろう、いまから神田の大通りを通るから、と。きのうの三人みてえに数珠《じゅず》つなぎの歩きなら、直《じか》に見られるんでやすがねえ」

「なんでえ、きのうは唐丸じゃなかったのかい」

と、市左が問いを入れたところへ玄関のほうから、

「鬼助さんたち、いなさろうか」

と、声とともに腰高障子を開ける音が聞こえた。

（まずい）

鬼助は思った。

吉良邸の中間《ちゅうげん》だ。まえにも一度、加瀬の用事で来たことがあり、おととい松助たちを尾けているとき両国橋のたもとで加瀬と出会ったときもついていた中間である。

「おう。ちょいと見てくらあ」

鬼助は縁側にすり足をつくった。

市左もそれが吉良邸の中間であることに気づいたようだ。

「お客さんで？」

「ああ、お武家の荷運びもやっているのでなあ」

　千太が訊いたのへ、うまく対応した。

「さようですかい。まあ、きのうはなにぶん急だったもんで、唐丸の用意ができなくって。それじゃあっしはこれで。このままここから小伝馬町に行って、旦那方を待つことになっておりやすので。そうそう、それから旦那が帰りにまた立ち寄る、と」

　千太は言うときびすを返した。

　玄関では、

「加瀬さまがあした午前、屋敷へ来てくれるように、と」

「へい。わかりやした」

　と、用件はそれだけで、中間もすぐきびすを返した。

　中間が玄関を出たとき、千太はすでに角を曲がっていた。中間が帰る大伝馬町の通りと小伝馬町の牢屋敷は逆方向になる。

　背を見送り、鬼助と市左は玄関の板敷きに立ったまま、ホッと息をついた。

　小さな棲家である。声は互いに聞こえていたが、吉良だの罪人だの唐丸などといった物騒な言葉は聞き取れなかった。他人に聞かれて奇異に感じられるものはなにもなかったのだ。

唐丸駕籠である。

「行こうぜ」

「おう」

と、二人は雨戸をそのままに長火鉢の炭火に灰を厚くかぶせ、急いで雪駄をつっかけた。

二

「こっちだ」

小伝馬町の通りへ出て、神田の大通りに向かった。

「おっ、あれは」

お島だ。この方角から帰って来たのは、馬喰町ではなく逆方向の筋違《すじかい》御門のほうの須田町《すだちょう》や鍛冶屋町《かじやちょう》界隈をまわっていたようだ。

お島も向かいから来る職人姿の鬼助と市左に気づき、

「あらら。こんな時分、二人そろって大八車は牽いていないようだけど、これからお仕事の下見ですか」

と、近づき互いに足をとめた。

鬼助が、

「そうじゃねえが、お島さん。ちょいと引っ返さねえかい。いい見物《みもの》があるぜ」

「えっ、どんな？」

来た道をふり返ったお島に市左が声を落とし、

「唐丸だ。勝蔵とお華。さっき千太が知らせに来てくれたのよ」

「まあっ。あのお二人、とうとう。お華さんは二、三度会ったことあるのだけど」

お島は鬼助と市左に向きなおると、

「だったら神田の大通りからこの道に入るはずよ。行きましょう、行きましょう」

行李を背負ったまままきびすを返し、二人を先導するようにいま来た道を返しはじめた。

「お島さん、もう商い終わったんだろう。その荷、持とうか」

「いいですよう。職人姿に行李は似合いませんよ。それよりも、きょうは馬喰町、行かなかったけど、平七さんとおチカさん、どうしているかしらねえ」

うしろから市左が声をかけたのへ、お島は前を向いたまま返した。日に焼け、鬼助とおなじ三十代なかばで、いたって丈夫そうな女である。

話しながら歩を進めているうちに、小伝馬町の通りが神田の大通りにぶつかる角に近づいた。

鬼助が、

「ここで待とう」

と、角に歩をとめ、神田の大通りをのぞいた。石町《こくちょう》の角であり、すぐ近くに時ノ鐘があり、伝馬町一帯に聞こえる鐘はここからである。

通りは夕刻に近づき、いずれも急ぎ足になる慌ただしさを見せはじめている。すぐだった。

「おっ。来たぜ」

往来の者がこわごわと脇へ寄り、そこをいくらか速足で進んで来る一行が目に入った。先頭は小谷同心だった。打込み装束ではなく、地味な着物の着ながしに黒羽織を着けた、いつもの市中見廻りの格好だ。鉢巻にたすき掛けで六尺棒を小脇に持った捕方が数人つづき、唐丸駕籠が二挺つながっている。町駕籠のように弾みをつけて担ぐのではないから、けっこう重く感じることだろう。

左右に避けた往来人が立ちどまり、一行の駕籠をのぞきこむように見ている。

「あら、ひとつは女？」

話しているのが聞こえる。

「あっ、わかった。馬喰町の、ほら、干物問屋のご隠居を殺して店を乗っ取ろうとした番頭とおめかけさん。恐ろしいねえ」

「どんな悪い顔しているのかしら」

商家のおかみさん風の二人連れが話している。すでにうわさは〝殺して乗っ取ろうとした〟になり、奥向き女中が〝おめかけさん〟になっている。勝蔵のめかけだったのか良之助のほうだったのか、そこははっきりしない。

一行は近づき、石町の角に達した。竹駕籠の中だから見えにくく、二人とも顔を隠すようにうつむいている。

だが、どちらも髷《まげ》はすでにくずれ、勝蔵はざんばら髪になり、お華は乱れたままうしろに束ねているのが見える。

角を曲がったところで先頭の小谷がふり返り、

「よし、重かろう。ここで担ぎ棒を交替しろ」

一行は停まり、担ぎ棒の捕方が交替するあいだ、駕籠尻を地につけた。曲がり角に鬼助たちのいるのに気づいた小谷が、気を利かせて一行の歩を止めたのだろう。

鬼助たちは無言でのぞきこんだ。

見物人から、

「へん、この人殺し。ざまあねえぜ」

「打首にでも獄門にでもなりやがれ」

声が飛んだ。

「そうよ、そうよ」

と、女の声もまじる。

六尺棒の捕方たちは身構えた。石や薪雑棒《まきざっぽう》などが飛んで来るのを警戒したのだ。それらは飛ばなかったが、勝蔵もお華もうしろ手に縛られたまま上体を前へ倒すように顔をうつむけ、どちらも髪が肩にかかっているのが見える。

こうなれば、殺しを指図した悪党であっても哀れさを感じる。お島はお華を無言で見つめていた。

「出立《しゅったつ》！」

小谷の声に、駕籠尻は地を離れ、一行はふたたび進みはじめた。道に雪の影響はすでになく、夕陽が射している。

三人は小伝馬町の通りからすぐに脇道へ入った。

百軒長屋のほうへ歩を踏みながら、お島が下向き加減にぽつりと言った。

「確かにお華さんだったけど、あんなに憔悴《やつ》れて。もっと色っぽい女《ひと》だったのに」

「悪の末路ってやつかねえ」

市左が小さな声でつづけた。

三人の足が百軒長屋の界隈に入ったころ、陽は落ちかかっていた。

お島は急ぐように奥の長屋に帰り、鬼助と市左は縁側の雨戸を閉め、玄関の板敷きに行灯《あんどん》を置いて小谷の来るのを待った。

縁側から上がったのでは、灯りがあれば奥の長屋から見える。玄関口なら死角になっている。

その灯りを映した腰高障子が音を立て、

「おう、いるか」

と、小谷の声が居間まで入って来たのは、かなり暗くなってからであり、千太が足元を照らしているのは弓張《ゆみはり》の御用提灯ではなく、無地のぶら提灯だった。

「おう、旦那」

と、玄関に出迎えた鬼助は小谷同心の配慮に安堵した。夜更けてから御用提灯が出入りしているのなど、界隈の住人に見られるのは好ましくない。

また居間で、千太を含んだ四人が長火鉢を囲んだ。道が乾いておれば、湿った足袋を小縁にかけることもない。

「どうでえ。あの二人の面、ゆっくり拝んだかい」

「へえ、おかげさまで」

小谷が言ったのへ市左が返した。やはり小谷は気を利かせてくれたのだった。

「まあ、あんな面だ。きょうまた来たのはそのことじゃねえ」

「わかってまさあ。で、進展はどこまで」

鬼助が小谷を凝視した。

「俺としてはだなあ、上州屋で急ぎ過ぎたのをなんとしても挽回し、やつらを操《あやつ》っている買取り屋をなんとしても挙《あ》げてえ。そいつらのほうが、喰逃げよりさらに悪党で大物だ。松助らなどは下っ端の走り遣いにすぎねえ」

「そういうことになりやすねえ」

市左が相槌《あいづち》を入れ、小谷はつづけた。

「まえに神楽坂《かぐらざか》で小間物問屋が多額の借財をこしらえて倒産し、あるじが首を括《くく》ったって話はしたなあ」

「へえ」

「聞きやした」

鬼助と市左は同時に返した。

「きょうは大番屋で勝蔵とお華を、そこんとこを中心に責めてやったのよ」

「それで？」

鬼助はあぐらのまま長火鉢の上へ身を乗り出した。

「とうとう吐きやがった。小間物問屋の屋号は嘉屋《よしや》といって、仕掛けたのはやはり勝蔵たちだ。嘉屋が借金したのは四ツ谷《よつや》にとぐろを巻いていやがる冬亀《ふゆがめ》の甚五郎《じんごろう》とぬかす金貸しだ」

「冬亀？　奇妙な二つ名で」

市左が言った。

「めったに姿を見せねえことから、そんな異名《いみょう》をとってやがるらしい。勝蔵が嘉屋に冬亀の甚五郎から借金をさせ、それをふところに遁走《とんずら》、つまり喰逃げよ。借金返済のため嘉屋は店を売らざるを得ない。それをおめえらの見倒屋みてえに安く買い叩いたのが、これまた甚五郎が元手を出してやった買取り屋で、こいつはまあ裏で甚五郎とつるんでいるというより、甚五郎の番頭みてえなものらしい。こいつは勝蔵も会ったことはねえとよ。買取りに出してやった元手の金子《きんす》は、嘉屋から借金返済のかたちで甚五郎の手許に戻ってくる仕掛けさ。それを甚五郎たちはすぐ転売し、またひと儲けって寸法よ」

「くそーっ。俺たちは古着一枚、茶碗一つにまで値をつけて買い取って、柳原土手《やなぎわらどて》の古着屋や古道具屋に売ってほそぼそと利鞘を稼いでいるというによう」

市左が吐き捨てるように言った。

「まだあるぜ。勝蔵たちは喰逃げというより持逃げした金子が全部自分たちのものになるとは限らねえ。お華がぼやいていたが、半分は謝礼として甚五郎に返さなきゃならねえらしい」

「やはり勝蔵たちも、おもてに姿を見せねえ甚五郎の持ち駒に過ぎねえってことですね」

「そういうことになる」

鬼助が言ったのへ小谷は返した。

すかさず市左が、

「だったらこっちから出向いて、冬亀野郎をふん縛りゃいいじゃねえですかい。居場所は四ツ谷って判ってるんでやしょ」

「ところが、もぬけのカラで」

応えたのは千太だった。

「なんでえ、千の字。おめえ、行ったのかい」

「へえ、旦那のお供で」

「ま、そんなとこだろう」

言うと市左は視線を小谷に向けた。

小谷は応えた。

「さすがは冬亀というほどのことはある。踏込んだときにゃ、もう空き家さ。それも一日違《ちげ》えでよう。勝蔵がお縄になったと聞いて、すぐさま泥の中へもぐりこみやがったのよ。上州屋で待ち伏せしていりゃあ、その尻尾《しっぽ》くれえは捕まえられたと思えば、ますます悔しいぜ」

「わかりまさあ」

鬼助が相槌を入れるように言った。

「まだ驚いたことがあるぜ」

「どんな」

と、市左。

「冬亀の塒《ねぐら》は、小ぢんまりとした金貸しだった。それも評判がいいのよ。町の職人や小商人《こあきんど》へ小口に融通し、しかも高利でもなければ滞らせても催促しねえ。姿形《すがたかたち》を訊くと、それがふくよかで実に温厚そうな人物だっていうじゃねえか。その者が不意にいなくなり、町の者は急用のときに借りられる人がいなくなったって、困った顔をしてやがるのさ」

「その見かけが、いい隠れ蓑《みの》になっているってわけでやすね」

「そうさ。密告《さ》す者が一人もいねえ」

鬼助が言ったのへ、小谷は悔しそうに返し、

「だがな、手はある」

「どんな」

鬼助は長火鉢の上に身を乗り出したまま、小谷を凝視した。小谷も上体を前にかたむけた。本題はこれからのようだ。

「ああいったやつらはなあ、一度しゃぶりついた相手は、一物《いちもつ》も残さずしゃぶり尽くすものだ。さいわい嘉屋の番頭だった吉之助《きちのすけ》という男が、嘉屋の暖簾を守っておなじ神楽坂に小さな小間物屋を開いている。そこへ自殺した前の旦那がまだ借金を返しきっていねえと因縁をつければ、せっかく吉之助とやらが出した店もタダで手に入れることができらあ」

「おっ。そこを探って、冬亀の尻尾をつかもうってことでやすね」

言ったのは市左だった。

「そういうことだ。さすが見倒屋だぜ、市左」

小谷は市左に視線を据え、

「おめえ、稼業柄お店《たな》の裏を探るのは得意だろう。神楽坂の小さくなった嘉屋に、冬亀の影がつきまとっていねえか探ってくれ」

「へへ、得意だろうなんて言われたんじゃ、やらねえわけにはいかねえ。がってん、承知しやしたぜ」

「頼もしいぜ。もう一つ、手づるがある」

と、小谷は鬼助に目を向け、

「深川の清住町だがなあ。捕えたのは雑魚《ざこ》三匹だけだった。殺しでもやろうって連中だ。日ごろから腕の立つ浪人者の一人や二人ついていても不思議はねえ。いまのところその影も見えねえが、それを鬼助に探ってもらいてえ」

鬼助も市左も峰岸大膳の件を小谷に話していない。吉良家と浅野家に関わることだからだ。

だが、いま小谷の言った〝浪人者〟が、まさしくそれに該当しそうだ。鬼助も市左もそこまでは考えておらず、思わず顔を見合わせた。

「どうしたい。心当たりでもあるのかい」

「いや。旦那がうまく俺と市どんに仕事を割りふるもんだからよ」

鬼助が切りぬけるように返した。

「そりゃあ今度は大魚に逃げられねえよう、迅速かつ慎重にやらねばならねえからなあ。おめえら二人、頼りにしているぜ」

実際に小谷は頼りにしている目で、二人を交互に見た。

二人は応えるように、大きくうなずきを返した。

かなり長時間話したようで、夜はすっかり更けていた。

三

翌朝、二人は同時に職人姿で棲家を出た。鬼助は本所二ツ目の吉良邸へ、市左は神楽坂の嘉屋である。

きのう帰りしな、小谷は言っていた。

「——このさいだ。おめえら二人とも棲家《ここ》を留守にしてもいいぜ。なにか判れば奉行所に報せてくれ。俺がいなくても、わかるようにしておかあ」

そう言われれば、二人とも迅速に動かねばならない。

本所へは大伝馬町の通りでふたたび上州屋の前を通ることになる。

雨戸が二枚開いており、中に人の動きがあるようだ。

そこが見える角に、かつて浅野家改易で紛失した安兵衛の朱鞘《あかさや》の大刀探索のときに見かけた岡っ引が立っているのに気づいた。ほかの同心についている岡っ引で、おそらく上州屋に冬亀の一味の者が出入りしないか見張っているのだろう。

だが、勝蔵とお華を小谷同心が挙げた以上、上州屋に奉行所の目がつくことは当然考えられることで、いかに〝一物も残さずしゃぶり尽くす〟連中とはいえ、そのようなところへのこのこ現われるはずはない。だから小谷は昨夜、上州屋探索にはなにも触れず、指示した対象は神楽坂の嘉屋と、いたであろう用心棒の浪人者だった。小谷は同輩たちの一歩先を進んでいることになる。

（さすがは小谷の旦那だぜ）

思いながら鬼助は上州屋の前を通り過ぎた。見張っていた岡っ引が鬼助に気づいたかどうかはわからない。

両国橋を大八車や下駄の音につつまれて渡りながら、

（こたびも吉良邸依頼の浪人者、御用の筋と重なっているようだぜ）

思いをめぐらせ、本所の土を踏んだ。

吉良邸の裏門では、もうすっかり門番と顔見知りになっている。

鬼助の顔を見るなり、

「おう、加瀬さまに用だな、ちょっと待っていねえ」

と、奥へ走りこんだ。

鬼助は門番詰所で、

(ここからせめて一歩でも奥へ入ることができれば、弥兵衛さまや安兵衛さまにいいみやげ話ができるのだが)

毎回のことだが思いながら待った。

吉良邸の警戒はきびしく、出入りの者を決して庭のほうには通さないのだ。

加瀬充之介は、

「おう。早いなあ。ありがたいぞ」

と、鬼助をさほど待たせることなく、門番詰所に顔を見せた。

やはりこたびも奥には入れてもらえそうにない。

鬼助の思惑をよそに加瀬は語った。内容は、鬼助の興味を惹くものだった。

「先日頼んだ峰岸大膳のことだが」

「そのことで」

鬼助が引っ越したことを話そうとすると、加瀬はさえぎるように、

「きのう、峰岸どのがここへ催促に来てのう」

「えっ」

その峰岸の行方を、鬼助は小谷に頼まれ突きとめようとしているのだ。

「住まいが変わったゆえ、向後《こうご》の連絡はそちらのほうに頼むとのことでのう」

「いずれへ？」

訊いて加瀬が応えた場所はなんと、

「深川の永代寺門前仲町《もんぜんなかちょう》の裏長屋……」

ではないか。市左の言っていた同業の膝元《ひざもと》だ。しかもそこは寺域ではないものの、町方の手が入りにくい門前町である。手広く商っている見倒屋なら、夜逃げをした者を一時住まわせる長屋の数軒も知っていよう。鬼助たちだって、百軒長屋をくまなくあたれば、空き部屋の一つや二つはすぐ見つかるはずだ。

(峰岸大膳め、そんなところに逃げこみやがったのか)

鬼助はとっさに思った。

加瀬は言う。

「おぬしらには、あの者の身状調べをしてもらわねばならぬゆえなあ。浪人者が住まいを転々とするのは奇異なことではなく、そなたらも知っているように、俺にもそういう時期があったでなあ」

と、浪人の暮らしをよく知っている加瀬は、峰岸大膳の引っ越しになんら疑念を持っていないものの、

「清住町での評判も一緒に調べ、できれば引っ越しの理由ものう」

「加瀬さま。その儀につきましては、すでに調べはついております」

「えっ、もうはや？」

驚く加瀬に鬼助は話した。加瀬は驚愕した。

なにしろ殺しまでした押込みの一味が役人に踏込まれた直後に、近隣に行き先も告げず行方をくらましたのだ。そうした輩《やから》と関わりのあったことは、手証がなくとも明白であろう。

もちろん鬼助は加瀬から疑いを受けぬよう、見倒しの仕事で馬喰町の上州屋の奉公人と関わりを持とうとし、こたびの事件に出くわしたことを話した。

「それで小耳にはさんだのでやすが、お奉行所でも峰岸大膳なる浪人者の行方を追っておりますようで」

「そのような者ばかり……

「さすが見倒屋だのう。そうであれば奉行所の結果を待つまでもなく、そのような者を当屋敷に入れることはできぬ。さように山吉新八郎《やまよししんぱちろう》どのに申し上げておこう」

すでに峰岸大膳の処遇を決したように話し、

「それにしても、なにゆえ当家へ自薦で来る者は、かように凶状持ちのような者ばかりなのかのう。情けなくなってくるわ」

門番詰所の板敷きに腰を掛けたまま嘆息した。

鬼助は返した。

「だからでございましょう。吉良さまのお屋敷を、ちょうどいい隠れ場などと思い」

「そうかもしれぬ。どうじゃ、鬼助」

「はっ」

「まえにも話したろう。おまえたちの目で本格的に、まともな浪人さがしをしてみぬか。単に自薦の者の身状調べよりも多く報酬が出るよう、山吉どのに話してみようではないか。どうじゃ、そのほうが俺も安心できるでのう」

加瀬は真剣な表情だった。

実際、以前にもそれを言われ、弥兵衛らに相談したものだった。

受けて実績を上げれば、吉良家臣団のなかでも上席にある山吉新八郎の信を得て、屋敷の内部にまで入りこむことができるかもしれない。しかし、吉良邸の防御強化に合力《ごうりき》することになり、浅野家臣団の存念に水を差すことになる。

弥兵衛もこれには明瞭な答えを下すことができず、

「――まあ、ほどほどにな。それよりも、おまえが危険な目に遭わぬように」

で、終わった。それを加瀬は、また持ち出したのだ。

「そりゃあ、まあ。立派なご浪人さんに出会えば、そのときには」

鬼助はお茶をにごした。

「ともかくだ、こたびも迅速な調べ、礼を言うぞ。当屋敷に入れる者には微塵《みじん》の瑕疵《かし》もあってはならぬゆえ、これで峰岸大膳を屋敷に入れることはなくなったが、念のためだ。奉行所の峰岸への措置がわかれば知らせてくれ」

腰を上げながら言う加瀬に鬼助も、

「お安いご用で」

と、それにつづけた。

加瀬にすれば、峰岸大膳の身状調べのため新たな住居を知らせるだけのつもりだったのが、早くも鬼助は峰岸が押込みに殺しまでするような無頼と関わっていたことをつかんでいた。思わぬ収穫である。

門の内側に立ち、

「そなたらはさすが見倒屋で、やることが迅速でかつ的確だ。さっきの浪人さがしの件、真剣に考えておいてくれ。頼りにしておるでのう」

「へい、そのうち」

鬼助はまた言葉をにごし、門番に見送られ潜り門を出た。

鬼助にしても、思いがけなく小谷から言われていた峰岸大膳の居所が判ったのだ。

（さっそく奉行所へ）

思ったが、深川は本所の東どなりで、遠くはない。神楽坂に行った市左は嘉屋をさがし吉之助にそれとなく探りを入れなければならない。

（もっと時間がかかるだろう）

と、算段し、事前に永代寺門前仲町のようすを見ておくことにした。

近道がないわけではないが、ふたたび伝馬町から行くことを考え、いったん両国橋の東たもとまで出た。つぎに行くときは、伝馬町からだと両国橋まで出て大川の西岸か東岸の川沿いの往還を下流に新大橋を過ぎて永代橋まで進み、そこから永代寺と富岡八幡宮の門前町に向かうことになるはずだ。

お島が、上州屋の手代と女中の夜逃げ話を持ちこんで来てから、七日ほどが過ぎていようか。この慌ただしかったなかに、月はいつのまにやら霜月《しもつき》（十一月）から年末の極月《ごくげつ》（十二月）に代わっていた。むろん、まだ上旬である。

川面から吹く風は冷たく、肌を刺す。

手で両肩をかき寄せ、

「ふーっ。空脛素股の中間姿じゃなくてよかったぜ」

つぶやき、急ぎ足になった。

新大橋の東たもとを過ぎた。ここからはすでになじみ深い道順である。万年橋を渡り、清住町の町場に入らず、そのまま川沿いに進む。

前方に永代橋が見える。

（ふふふ。峰岸大膳め、三日めえの早朝、この道を急いで永代寺の門前仲町に逃げこみやがったか）

想像するとおかしくなってくる。そのもぐりこみ先を突きとめるのは、

（ちょいと骨が折れるなあ）

と、思っていたところ、向こうからわざわざ居場所を教えてくれたのだ。

（やつめ、早く吉良邸に逃げ込みたいと焦ってやがるようだなあ）

その姿が憐れにも思えてくる。だが、勝蔵や松助らと関わりがあり、冬亀の甚五郎ともつながっているかもしれないとなると、見逃すわけにはいかない。

永代橋の東たもとは御船手組《おふなてぐみ》の番所と組屋敷になっており、そこを過ぎれば往還は川端からすこし離れ、両脇に町家がならび、そのなかに川から離れるように西への往還が一筋延びている。この一帯は埋め立て地で、掘割の運河が縦横に走っている。

永代寺と富岡八幡宮に近いせいか、人の往来は伝馬町の百軒長屋の近辺よりはるかに多く、人々がまた華やかでもある。

その町場の往還はさっそく掘割の橋を渡ることになり、すぐつぎに架かる橋を八幡《はちまん》橋《ばし》といい、そこを渡ると往還はいきなり広場のように広くなり、まるで両国広小路のようなにぎわいを見せはじめる。知らぬ者がいきなりこの橋を渡ったなら、

「これはこれは」

と、目を丸めることであろう。

渡った。

広場のような往還はにぎわいを見せたまま東方向へ八丁（およそ九百米《メートル》）ほどもまっすぐに延び、その先が広場になり、永代寺と富岡八幡宮が広がっている。

八幡橋を渡ったところで、一帯はすでに門前町の様相を示しているが、二丁（およそ二百米）ほど先に八幡宮の一ノ鳥居《とりい》がそびえている。手前が黒江町《くろえちょう》で鳥居の外ということで門前町とはされず、鳥居をくぐれば歴とした門前町となり、そこが門前仲町である。

鬼助はそのにぎわいのなかに入り、

（なるほど、峰岸大膳め。黒江町ではなく鳥居をくぐった門前仲町たあ、味なことをしやがる）

感心しながら歩を進め、鳥居をくぐって門前仲町に入った。

聞き込みを入れるのは危険だ。探索の手がまわったと感づかれてはならない。

だが、加瀬から聞いた長屋の所在は確かめた。なるほど広場のような大通りからは外れた、狭い路地奥の裏長屋だった。

（きょうはこれでよし。小谷の旦那にいいみやげができた）

満足し、帰りの歩を踏んだ。

かなりの急ぎ足になり、南町奉行所で門番に小谷同心へのつなぎを頼んだころ、陽はとっくに中天を過ぎていた。

正門脇の同心詰所で待っていると、

「ほう、おまえが小谷の手の者か」

と、別の同心が出て来た。小谷は出払っているようだ。やはり隠れ岡っ引で、同輩にも同輩の同心は鬼助を〝岡っ引〟とは言わなかった。

〝隠れ〟の存在にしているようだ。そのほうが鬼助にはありがたい。

どこへ行ったと訊いても同心が応えるはずはない。小谷からの言付けは、

――和泉屋で待っておれ。陽の高いうちに帰って来るから

と、いうものだった。

鬼助は奉行所を出て、

（市どんのほうはどんな具合かなあ）

思いながら、京橋の和泉屋に向かった。

四

伝馬町から町場を両国橋とは逆方向の西へ西へと進み、江戸城の北あたりになると町家は絶え、武家屋敷ばかりとなる。一帯は外濠《そとぼり》の城内である。

お城の北側をかすめるように進むと牛込御門《うしごめ》の内側に出る。そこはもうお城の西側である。

外濠の城門は日の出から日の入りまで、浪人と怪しげな風体《ふうてい》の者以外は往来勝手になっている。お島なども行李を背負って、神田橋御門からよく城内に入る。行商人や職人が往来勝手でなければ、城内の武家屋敷の生活が成り立たない。

牛込御門の橋を渡ると、目の前に急な広い坂道が延びている。四丁半（およそ五百米）ほどもつづく上り坂で、ところどころが石畳の階段状になり、神輿《みこし》が二挺横ならびになっても不自由しないほどの広さがある。右手は武家地だが左側には町家がならび、飲み喰いの店が多く、人通りも多い。坂の中ほどまで上ると、左手も不意に町家が途絶え築地塀《ついじべい》になる箇所がある。毘沙門天《びしゃもんてん》の御堂で知られる善国寺《ぜんこくじ》で、神楽坂《かぐらざか》の毘沙門天といえば江戸で知らぬ者はいないほどだ。広い坂道のにぎわいは、この毘沙門天が引き寄せているのだ。

小間物問屋の嘉屋《よしや》は、この善国寺の近くで坂道に面し暖簾《のれん》を張っていた、神楽坂の大店《おおだな》だったのだ。あるじが冬亀の甚五郎と勝蔵の計略に引っかかって自害し、店を取られたあとも、健気《けなげ》に嘉屋の暖簾を守ろうとする番頭の吉之助の悔しさには計り知れないものがあろう。

小ぢんまりとした小売りの小間物屋になった嘉屋は、小谷から聞いたとおり善国寺の裏手で、しかもかなり奥まったところに暖簾を出している。

市左は、いまは料理屋になっているかつての嘉屋の前を通り、枝道に入って住人に聞きながら小売りの嘉屋をさがしているとき、

（恐ろしいことだなあ）

と、人の浮沈を思った。自身も以前は、高輪《たかなわ》の伊皿子台町《いさらごだいまち》の太物屋《ふとものや》の若旦那だったのだ。もっとも市左の場合は、みずからそこを飛び出し、無頼の渡世に入ったのだったが。

裏手の道は、ときおり住人が通る程度で、表通りのにぎわいにくらべれば、見る影もない。

往来の住人に所在を訊いた。

「ああ、あの嘉屋さんの。お気の毒なことでしたねえ」

と、返ってくる。

すぐにわかった。

店の前を一、二度、行きつ戻りつして客のいないのを確かめ、

「へい、ごめんなすって」

暖簾をくぐった。

愛想よく揉み手で迎えた四十代の男が吉之助であろう。平七と似た実直そうな印象を受ける。

「すまねえ、客じゃないんだ」

「へえ、なんでございましょう」

怪訝な表情になったなかに、明らかに警戒の色を浮かべている。

そこで市左はまず先代へのお悔やみを言って冬亀の一味でないことを示し、

「実はあっしは見倒屋でして……」

冒頭から明かした。

これが神田界隈なら、お島が事前に話をするところだ。

吉之助は〝見倒屋〟という言葉に嫌悪を示すことなく、逆に、

「えっ」

と、市左の顔をのぞきこむ仕草を見せた。

(できれば頼みたい)

表情にその色の含まれているのを、市左は看《み》て取った。

だが市左の話はそこまでで、伝馬町の棲家の所在を説明し、

「ご用命があれば、お知らせくだせえ」

と、嘉屋を出た。

吉之助が暖簾から首を出し、無言でその背を見送っているのを市左は感じた。

近所で聞き込みを入れると、夫婦で〝嘉屋〟の暖簾を出し、五歳と二歳の男の子がいるらしい。

（感触のあったことを小谷の旦那に）

と、牛込御門から外濠城内に入り、武家地を経て南町奉行所に小谷同心を訪ねると不在だった。鬼助とおなじように数寄屋橋御門を抜け、

「おう、兄イもかい」

と、京橋の和泉屋の暖簾を頭で分けたのは、奥の部屋で鬼助が薄べりを枕にごろりと横になってからすぐだった。

「おおう」

鬼助は起き上がった。

小谷同心の御用筋とあれば、鬼助や市左が待っているときでも和泉屋では一番奥の部屋を用意し、声の洩れるのを防ぐため、手前を空き部屋にしている。

その中で二人は手焙りをはさみ、互いのようすを語り合った。

峰岸大膳なる浪人者がわざわざ吉良邸へ新たな塒《ねぐら》を告げに行った話には、

「あははは。その大膳さん。即座に逃げたところは褒めてやるが、どこか間が抜けてやすねえ」

と、笑い、〝見倒屋〟と言ったときの吉之助の反応には、

「そりゃあ、見倒しの仕事が出そうだなあ。神楽坂はちと遠いが」

鬼助が真剣な表情で返した。

話しているところへ、

「兄イたち、もう来ていなさるそうで」

と、千太が声と同時に部屋の板戸を開けた。もちろん、うしろに長身の小谷が立っている。言ったとおり、部屋の櫺子窓《れんじまど》から西日が射している時分だった。

「ほかにも公事《くじ》があってなあ。どうも忙しゅうてならんわい」

言いながら小谷は鬼助らと手焙りを囲むかたちにあぐらを組み、

「さあ、聞かせてくれ」

と、期待しているように聞く姿勢をとった。

鬼助から話した。

「清住町から逃げるように引っ越した峰岸大膳という浪人がいやした。荷を運んだ方

向を聞き、それをたぐって行くと判りやした。深川の門前仲町でさあ」

もちろん、吉良邸で聞いたとは言わない。そことの関わりは、鬼助と市左の小谷に対する秘密なのだ。

小谷は反応した。

「ふむ、臭うな。その峰岸大膳という浪人、鳥居の内側か。ますます怪しい」

と、いくらか考えこむようすになり、

「よし、いささか乱暴なやり方だが、ここは鬼助にもうひと働きしてもらおう。これは安兵衛どのの薫陶を受けたおめえにしかできぬことゆえなあ」

鬼助の顔を凝視し、

「承知」

鬼助は返した。

神楽坂の吉之助についても、

「よし、わかった。おまえたちの稼業が神楽坂まで拡大するのを期待しておるぞ」

言うと、さっそく策の談合に入った。

陽が落ち、部屋には行灯と新たな炭火が運びこまれた。

懸念が一つある。神楽坂の吉之助がほんとうに夜逃げの手伝いを依頼に来るか、来ていつになるかである。

「なあに、そこはおまえたちでもっと働きかけるか、仕事が重なるようだったら、それもおまえたちで調整しろ。奉行所はそれに合わせてやらあ。ともかく、あしたからだ。さあ、動くぞ」

小谷が言い終わったとき、外はもうすっかり暗くなり、和泉屋はとっくに暖簾を下げ雨戸も閉め、客は小谷たち四人だけになっていた。

鬼助と市左は、また和泉屋で提灯を借りた。

五

翌朝、陽が昇ってからである。

起きたら職人姿になるのが鬼助と市左の習慣になっている。

けさも、

「なあに、千太が駈けこんで来てから着替えりゃいいや」

と、股引を穿き腰切半纏を着け、三尺帯で身なりを決めた。ともかくこれが一番動きやすい。

その千太が来た。きのう、鬼助たちが手持ちの刀がないというので、きょう千太が脇差を二振《ふたふり》持って来て、小谷の準備の具合も伝えることになっていたのだ。居間に上げられた千太は、脇差を鬼助と市左に渡し、

「小谷の旦那の用意はもうできやした。いまからここを出てくだせえということで」

「ほう、さすがは旦那。用意がいいぜ」

感心するように鬼助が言ったとき、また玄関に訪《おとな》いの声が立った。

「おっ、あれは。神楽坂の吉之助さん！」

市左が言うなり、脇差を鬼助の木刀と一緒に壁に立てかけ、縁側から玄関に足音を響かせた。

居間に残った鬼助と千太は立ったまま顔を見合わせ、

「深川の仕掛け、きょうですぜ。それもこれから」

「そこは旦那が、こっちで調整しろと言ってなすったろう」

千太が心配そうに言ったのへ鬼助は返し、市左が吉之助をともない居間へ戻るのを待った。

二人の足音が聞こえ、

「さあ、むさ苦しい男所帯でやすが」

市左の声とともに吉之助が居間へ入って来た。市左の言っていたとおり、実直そうなお店者《たなもの》だった。部屋にまだ二人いたのに吉之助は戸惑ったようすになった。

千太も戸惑い、

「あのう、兄イ。あっしは」

「おめえも仕事の仲間じゃないか。一緒に聞いていけ」

鬼助は返し、

「さあ、どうぞお座りくだせえ。私は市どんの兄弟分のようなものでして、こっちは仕事の手伝いで。なにをぼーっと突っ立ってる。早くお茶の用意をしろい」

吉之助に座るよう手で示し、千太に命じた。

「へ、へい」

千太は台所に入り、鬼助に〝手伝い〟と言われれば〝御用の筋の……〟と言って格好をつけることはできなくなった。それを口に出させないための鬼助の紹介でもあった。

長火鉢を囲むように三人は腰を下ろし、吉之助が端座の姿勢になったのへ、

「あっしら見倒屋を相手に畏《かしこ》まってもらったんじゃ、けえって話ができやせんや。さあ、足をくずして楽になってくだせえ」

市左があぐらをうながし、千太がお茶を出して吉之助はようやくくつろいだようすになり、

「実は、小半刻（およそ一時間）ほどまえにこの百軒長屋に参りまして、失礼ながら近くの住人の方々に聞き込みをいれさせてもらいました。こうして家一軒を構えていらっしゃって、おもてには大八車も停まっていて……」

と、上州屋の平七が初めてここへ来たときとおなじようなことを言う。平七も言っていたように、一般に想像されている見倒屋とは、得体《えたい》も棲家もわからないものである。お島の前宣伝がなくとも、吉之助は市左たちを信用したようだ。

「さあ、話してくだせえ。きのう、商舗《みせ》では話せなかったこともござんしょう。あっしらはどんな急ぎにも応じますぜ。それにときどきあることなんですが、荷を運び出しているときに金貸しに見つかり、もっとも夜中でも見張っているなんてのは悪徳高利貸しに決まっていやしてね、与太を雇っている場合もありますもんで」

まさに小谷の予測したとおり、嘉屋の吉之助はそれに遭遇していたのだった。語る市左を、吉之助は凝《じ》っと見つめている。市左はその視線に応え、

「そうした場合、ちょいと立ち回りも必要になりまさあ。そうなったときには、こちらの兄イが」

と、鬼助を手で示し、

「ほれ、そこの、脇差じゃありやせん。木刀のほうで叩きのめしやしてね。物の値を決めたり夜逃げの手伝いに行くときは、刃物は決して持って行かないもので。そんなのを持って行って、新たな揉め事をつくったんじゃ見倒屋稼業はやっていけやせんからねえ」

吉之助は得心したようにうなずき、

「実は、夜逃げは今夜にでも……」

「えぇえ！」

声を上げたのは千太だった。きょうこれから深川での仕掛けが始まり、それを告げに来たのだ。これには鬼助と市左も思わず顔を見合わせた。だが、夜逃げはいつも急なものである。

遠慮気味に、吉之助は話した。

「理由《わけ》はもうあらましご存じかと思いますが、私が〝嘉屋〟の暖簾など掲げなければ悪党どもに狙われたりしなかったのかもしれませんが、こればかりは私も商人《あきんど》として譲ることのできない一線なのです。いまは逃げますが、また他所《よそ》で〝嘉屋〟の暖簾を掲げるつもりです。これが自害なさった旦那さまへの、最大の弔《とむら》いだと思っているのです。大丈夫でございましょうか、今宵」

「ようございます。今宵、大八車を牽いて神楽坂へ参りましょう」

吉之助が言い終わると即座に鬼助が返し、市左もうなずきを入れた。

「待ってくだせえ。深川はきょうですぜ」

千太が慌てて言ったのへ、

「おめえは黙ってろ！」

市左が一喝した。

「え、これから深川？　お急ぎなので？」

「いいえ、そうじゃないので。ちょいと深川からの荷運びを頼まれていましてね。そうそう、市どん」

鬼助は吉之助の問いに返すと市左に向かい、

「こっちの仕事は俺と千太だけで間に合うから、市どんは吉之助さんと今宵のことを詳しく詰めておいてくれないか。なあに、深川は午過《ひるす》ぎにはこっちの手を離れらあ。水運だから大八車はいらねえし」

「わかったぜ、兄イ。そのようにしよう。俺はこっちで吉之助さんと詳しく段取りを決めておかあ」

市左は応えた。

吉之介はまた言った。

「お忙しいところ、申しわけありません。実はきょう早くにお伺いしたのも、午後になればまた悪徳の手の者が商舗《みせ》に来ないとも限らないからなのです。もし来れば、女房一人じゃ支えきれないものでして」

相当切羽詰まっているようだ。

脅しの与太どもは、午前中は来ないようだ。ということは、冬亀の甚五郎一味は、嘉屋吉之助が夜逃げを算段していることにまったく気づいていないことになる。最も吉之助が夜逃げを念頭に置いたのは、きのう市左が訪《おとな》ってからだが。

「それじゃ千太、行くぞ」

鬼助は職人姿のまま木刀を取り、

「そこの脇差、一本はおめえのだろ。持って来たのは持って帰れ」

「え？　へえ」

千太は言われるまま脇差を取った。

恐縮する吉之助の声を背に鬼助と千太は居間を出て、外へ出てから鬼助は物置部屋から持って来た袷《あわせ》の着ながしに着替えた。それで脇差を腰にさせば、まったくの遊び人に見える。遊び人に木刀は似合わない。職人衣装の風呂敷包みと木刀は千太に持たせ、深川へ急いだ。

思わぬかたちで、鬼助は深川、市左は神楽坂と小谷の決めた割りふりどおりのかたちになった。

伝馬町から深川への道順はきのう、吉良邸からの帰りに確かめたばかりだ。

川風の吹く往還に急ぎ足の歩を踏みながら、

「なあ、千太よ」

鬼助は言った。

「へえ」

「吉之助さんの言ったことをよ」

「今夜、夜逃げしなさるってことで？　あっしは気が気じゃなかったですよ。深川のほうは大丈夫かって」

「ふふふ。おめえ、この寒空でも脳天は春だなあ」

「え？」

「嘉屋の暖簾の話よ。俺はあの言葉に、商人の神髄を見たぜ。商人にも譲れない一線のあることをなあ。だからだぜ、市どんがおめえを〝黙ってろ〟って一喝したのは」

「へえ。それよりも、深川は間に合いそうで。小谷の旦那方は水路を取り、もう出ていなさる時分で」

「そうか」

一陣の川風が土手に吹き、

「きゃー」

向かいから来る町娘の裾を乱した。

「うへー、寒い」

千太は両手で肩をかき寄せたが、鬼助は腰の脇差に左手をかけ、前方の空《くう》を見つめたまま歩を進めた。

六

陽はまだ中天には間《ま》があるものの、東の空にすっかり高くなっている。

深川では千太の案内で、小谷と八幡橋の舟寄せ場で待ち合わせていた。

「どうしたい、遅かったじゃねえか」

と、舟には小谷が一人座りこみ、待っていた。打込み装束ではなく、いつもの定廻りの黒羽織である。船頭が舟の艫《とも》で手持ちぶさたに座っている。連れて来た捕方たちは陸《おか》に上げているようだ。黒江町の自身番に待機させているのだろう。

「市はどうしたい」

「へえ、そのことでちょいと」

鬼助は舟に飛び乗り、船頭のほうをちらと見ると小谷はうなずき、

「おい、しばらく陸に上がっていろ」

「へい」

船頭は千太と交替するように座をはずした。

「実はさっき、朝早くに神楽坂の吉之助さんが伝馬町に来やして」

「なに？」

驚く小谷に鬼助はさきほどの話をした。

舟はゆらゆらと揺れ、八幡橋を踏む下駄の響きに、掘割の波の船腹を打つ音が重なって聞こえる。

「そうか、わかった。委細は市が吉之助と話し合っているのだな。あとでそれに合わせ、こっちも段取りしようじゃねえか。いまはともかく門前仲町の峰岸大膳だ」

「承知」

鬼助は立ち上がり、舟がひときわ大きく揺れた。

ここからさきはすでに策を立てている。

舟寄せ場の石畳に飛び移った鬼助に小谷は、

「こっちの間合いは心配するな。相手の技量のわからねえのが気にかかるが、斬られるんじゃねえぞ。いざとなりゃあ、鳥居の中に踏込んでやらあ」

「へへ、旦那。こたびは伊皿子台町と違ってこれでさあ。向こうさんを斬り殺さねえかと、そのほうを心配してくだせえ」

鬼助はふり返って言った。

「ふむ、安心したぜ。さあ、千太、行け」

「へい」

千太も石畳に飛び移り、鬼助につづいた。

黒江町の通りに歩を進め、鳥居をくぐった。富岡八幡宮の一ノ鳥居だ。急に視界が広がる。そこから永代寺と富岡八幡宮の門前町の、門前仲町である。

むろん門前町は寺域ではなく町方の支配地だが、実質は町の店頭《たながしら》が仕切っている。町方が踏込めばそやつらが騒ぎ出す。こたびの捕物の目的は、冬亀の甚五郎を挙げるところにある。店頭たちとの応酬《やりとり》で捕物を長引かせるわけにはいかない。峰岸大膳も冬亀一味と通じておれば、召し取ったことを知られないうちに甚五郎の潜み場所を吐かせられるかもしれないのだ。

鳥居をくぐり、にぎわう往来人のなかに、千太はおそるおそる、

「兄イ。どこなんでえ、峰岸大膳の塒《ねぐら》は」

訊いたのへ鬼助は、

「黙ってついて来い」

腰の脇差をそっと撫で、枝道に入った。形《なり》は遊び人風である。

さまざまな商舗のならぶ枝道からさらに角を曲がると、往来人はまばらとなるが、やはり門前町の裏通りか、小さな飲み屋や一膳飯屋がこまめに点在している。陽がすでに高いというのに、ここではこの時分から暖簾を出しはじめ、雨戸を開けかけた店もあり、ようやくきょう一日が動き出したといった雰囲気だ。

そうした枝道の奥に、峰岸大膳は逃げこんでいる。

きのうこの町場を確認したとき、

(この雰囲気なら、峰岸大膳は午前中ならきっと長屋にいる)

と踏み、小谷もそれを確信し、午前の仕掛けとなったのだ。

「そこだ」

鬼助は粗末な木戸の前で立ち止まり、奥をあごでしゃくった。一見して伝馬町の百軒長屋よりも安普請とわかる五軒長屋が、向かい合わせに二棟ならんでいる。木戸の内側がその長屋の路地になっている。よく見ると木戸はほこりをかぶっており、こまめに開け閉めしているようすがない。そこからも、どのような男や女が住んでいるのかおよその見当はつく。こういうところは、行商人も入って来ないだろう。

「ここで見ておれ」

と、鬼助はいかにも遊び人らしく肩をゆすり路地に入って行った。長屋に人の住まう気配はあるが、路地に出ている者はいない。

千太は木戸の陰に立ち、その背を見つめている。本来なら、この役は市左だった。鬼助の首尾を確認し、素早く小谷に知らせる役目だ。足の速い千太なら、市左より適任かもしれない。

峰岸大膳はよほど吉良邸からのつなぎを待ち詫びているのか、長屋の名だけでなく部屋まで加瀬に話していた。木戸を入って左手の奥から二番目の部屋だ。

「さて」

と、その腰高障子の前で鬼助は大きく息を吸った。これから腕前がまだわからない浪人相手に、段平《だんぴら》を振りまわそうというのだ。

歩を進め、

「峰岸大膳さんという浪人さんの部屋はこちらですかい」

と、無遠慮に腰高障子を開けた。

起きて布団をたたんではいたが、袷《あわせ》を着こみ、すり切れ畳にごろりと横になっていた。ただ身を隠し、吉良邸からの呼び出しだけを待っているようだ。

いきなり名を呼び腰高障子を開けたものだから、瞬時吉良邸の遣《つか》いと思ったか、

「おっ」

峰岸ははね起き、入口に立った人影に目を凝らした。どこの長屋もおなじだが、腰高障子を開けると小さな土間があり、すぐそこがとっつきの部屋になっている。もちろん、ひと間しかない。

「ん？」

見れば武家奉公の中間でもなければ、まして武士でもない。脇差を帯びた町人、遊び人のようだ。

「誰でえ」

さすがは武士か、上体を起こし、あぐら居のまま身をよじり、壁にかけてあった大刀を左手に取った。

「へへ。なんですかい、その迎え方は。お侍さん、数日めえまで、清住町にとぐろを巻いてなすった峰岸大膳さんでやすね」

と、こんどは鬼助のほうが峰岸を値踏みするように凝視した。

挑発か、隠し事を突くようなもの言いだった。明かりは腰高障子から射し、それを背にして土間に立っており、なにをするにも鬼助のほうが有利だ。

「なに！」

峰岸は目をしばたたかせ、大刀の柄《つか》に右手をかけた。まだ握ってはいないが、鬼助は背後の腰高障子を開けたままにしており、峰岸が素っ破抜いても飛び下がる用意はしている。

「おっと、短気はいけやせんぜ。間違《まちげ》えねえようだね、信州浪人の峰岸さんに」

「ぬぬ、なぜ生国《しょうごく》まで知っておる。きさま、何者だ」

「なぜって、へへ。松助たちとつき合いがあったからと言やあ、わかってもらえますかい。勝蔵さんやお華さんも知っておりやしてね。あのお人ら可哀相に、いまは小伝馬町の牢内ですぜ」

「むむっ、きさまもやつらの類《たぐい》か。見かけぬ顔だが」

「まあ、勝蔵さんのようなあくどいやり方は気に入らねえし、松助たちのように殺しまでやるのも感心しねえもんでねえ」

「そ、そこまで！」

峰岸はすり切れ畳の上に立ち上がり、土間の鬼助を見下ろすかたちで憖《しか》と大刀の柄を握り締めた。

（この浪人、上州屋殺しを知っていやがる）

鬼助は確信し、

「おめえさんだけが早々に遁走《ずらか》って、こんなところでごろ寝たあ虫がよすぎるぜ」

「きさま、もう一度訊く。何者だ。ここへなにしに来た。ここがなぜ判った」

「そう一度にいっぱい訊かれたんじゃ、応えられやせんや。まあ、蛇《じゃ》の道は蛇《へび》と思ってくだせえ」

「むむっ」

峰岸は鬼助の挑発に乗りかけている。

鬼助は一歩前へ出た。素っ破抜きを誘う体勢である。さっきまでの含み笑いの表情が険しい顔に変わった。

「来た用件を話しやしょうかい。勝蔵さんは大金を動かしている人だ。おめえ、遁走るときかなり持って逃げたんじゃねえのかい」

「なんだと！」

「ふふふ」

鬼助はふたたび不敵な嗤《わら》いをつくり、

「遠くへ逃げりゃあっしも找《さが》せなかったが、こんな近くにたあ、なにか理由《わけ》でもあるのかい」

峰岸の痛いところである。吉良邸に雇い入れを求めている以上、遠くに身を隠すわけにはいかない。

さらに鬼助は突いた。

「さあ、お上《かみ》に訴え出ようかい。おめえさん、やつらの引合で身柄を奉行所に持って行かれることは目に見えているぜ」

「きさまあっ、いったい！　用件を言え、用件をっ」

「だからさあ、松助たちの墓代を出してもらいてえ。ちと高《たけ》えぜ。あいつら、打首は間違えねえからよう」

「むむむっ」

峰岸は腰を落とし、素っ破抜きの構えになったが、なかなか抜かない。ここで騒ぎを起こせば、吉良邸入りがフイになる。自制が働いているようだ。

鬼助のほうがしびれを切らした。

「たあーっ」

脇差を素っ破抜き、峰岸の目の前に一閃させるなりおもてに飛び出し、

「みんな、聞きなせーっ。ここの浪人！　人殺しの仲間だぜっ」

言うなり向きなおり、

「さあ、かかって来やがれ。おめえを殺してでも墓代はもらうぜ！」

鬼助の声は大きい。

長屋の住人たちが飛び出て来た。男もおればかなりくたびれた感じの女もいる。鬼助が脇差を抜いているのを見て、

「きゃーっ」

峰岸は慌て、

「きさまーっ、ここをどこだと思ってやがる。寺社の門前だぞっ」

峰岸は町方の容易に入って来られないのを知っており、その安心感に背を押されたか裸足《はだし》のまま飛び出て来た。

木戸では、

「うおっ、始まった！」

千太が一目散に駈け出した。

「承知の上でえっ」

鬼助は飛び出て来た峰岸の体勢のととのわない一瞬を突き、顔面めがけ再度切っ先を一閃させた。

「うっ」

峰岸の頰に鮮血がほとばしった。

「ううっ。くそーっ」

町人に斬られたのだ。

「許せん！」

ついに抜いた。

だが、逆上したのではない。峰岸はあくまで冷静を保とうとしている。挑発に乗らない峰岸に鬼助は困惑したが、抜き打ちでないのがさいわいだった。この機を逃さず一、二歩退いてこんどは一閃ではなく、やくざの喧嘩剣法よろしく闇雲に振りまわし、大刀を正眼に構えたままあきれ顔になる峰岸を前に、身をくるりと返すなり裾を割り、

「人殺しがまた人殺しだーっ」

叫びながら木戸のほうへ駈け出した。

「待てーっ」

峰岸は大刀を振りかざし追った。

「おおおぉぉっ」

「ひぇーっ」

出て来た住人たちが軒端《のきば》に張りついた。

それらの前を鬼助は走り、木戸を駈け抜けるともと来た道を返した。

「こらーっ、待たんかっ」

峰岸は追った。顔面に血の流れているのが、道行く者にも見える。鬼助も脇差を抜いたままである。

たちまち脇道は騒ぎとなり、それは一ノ鳥居の大通りにつづいた。

「人殺しがーっ」

なおも鬼助は叫んでいる。

「なにを言うかーっ」

峰岸は大刀を振りかざしたまま追いかける。往来人たちは右往左往しながら両脇に難を避ける。誰もとめることができない。

追いつかれればひと太刀浴びせられる。その思いが頬の鮮血と合わせ、峰岸から逡《しゅん》巡《じゅん》の念を奪い、どこを走っているかの判断さえ遠ざけていた。

鬼助はなおも叫びながら周囲の悲鳴のなかに一ノ鳥居を駈け抜けた。必死である。

峰岸も駈け抜けた。

鬼助の目に、乱れる往来人のあいだから裾をからげ七、八人の捕方を引き連れ走って来る小谷の姿が見えた。

それは峰岸にも見えたはずである。

ようやく逡巡の念が芽生えた。

だが、遅かった。

先頭を切る小谷は鬼助とすれ違い、峰岸の眼前に迫っていた。

小谷の身なりは黒羽織だが、手にしているのは打込み用の長尺《ながしゃく》十手である。脇差ほどの長さがある。

「ううっ、まずい」

峰岸の声だ。同心に斬りかかるわけにはいかない。

この躊躇《ちゅうちょ》を小谷は逃がさなかった。

――キーン

往来人の叫び声のなかに、鋼鉄のかみ合う響きが走った。

小谷の長尺十手が峰岸の大刀を打ち据え、二つに折っていた。

「御用だっ」

「御用！」

手甲脚絆《てっこうきゃはん》に鉢巻、たすき掛けの捕方たちの六尺棒が、一斉に峰岸大膳に襲いかかった。

すぐ近くで、小谷とすれ違うなりつまずき崩れこんだ鬼助を、捕方一人が六尺棒で押さえこみ、

「痛ててっ。そう強く押さえるねえ」

鬼助は顔を上げ、捕方に言っていた。

だが周囲にそれは聞こえない。

取り巻いた野次馬たちの目には、抜刀した浪人が脇差を持った町人を追いかけ、おりよく駆けつけた町方が双方とも取り押さえたように見えたことであろう。

「ああ、よかった。斬り合いにならずに」

「あの遊び人みてえなの、命拾いしやがったぜ」

人囲いになった野次馬たちは言っていた。

同時にそれは、富岡八幡宮と永代寺の門前町を仕切る店頭たちにとっては、一ノ鳥居の外での出来事《しゅったいじ》である。これが小谷と鬼助の策だったのだ。

——他所《よそ》さまの事に口は出さねえかわりに、わしらの縄張内《しまうち》にも口を出さねえでもらいてえ

それが門前町の信条であることを、小谷は知りつくしている。

八幡橋の舟寄せ場から二艘の舟が出た。うしろ手に縄を打たれた峰岸大膳と鬼助は別々の舟である。小谷は峰岸を引いた舟に乗り、

「おまえの名は、上州屋殺しの勝蔵や松助どもの口から出ておる。おめえ、冬亀の甚五郎とつきあいはねえのかい。あやつは頭のいいやつで、殺しに手を染めることはないからなあ」

と、世間話のように詮議をすでに始めていた。

水路は陸の往還を引くのと異なり、こうした余裕が持てる。

舟が深川を離れて大川西岸の水路に入り、前を行く小谷たちの舟が角を曲がったところで、

「またきつく縛りやがったなあ」

「すまねえ。あんたの迫力がすごかったもので、つい」

と、鬼助を六尺棒で押さえこんだ捕方が縄をほどいた。

小谷はそのまま水路を八丁堀に向かったが、茅場町の大番屋に引かれたとき、峰岸大膳は喧嘩を吹っかけてきた相手のいないことに、首をかしげた。

「あやつはちょいと癖のあるやつでなあ、直《じか》に伝馬町だ」

小谷は応えた。

実際、縄を解かれ大きく伸びをした鬼助は、往還に上がり伝馬町の棲家に急いだ。市左と神楽坂の吉之助がどのような段取りを決めたのか気になる。なにしろ夜逃げは今夜なのだ。

七

「おう、兄イ。どうだったい、深川の首尾は」

と、鬼助が玄関の腰高障子を開けるなり市左が居間から走り出て迎えたのは、太陽が中天をいくらか過ぎた時分だった。

「まあ、なんとかうまく行って、いまごろ峰岸大膳さんは大番屋だろう。それよりも吉之助さんは、もう帰りなすったかい」

「ああ、とっくに」

二人は居間で長火鉢をはさんで座った。

「あれ、兄イ。脇差は」

「ああ、捕方に返した。ほんのすこし血を吸ったが」

「えっ。やっぱり振りまわしたかい。見たかったぜ」

「まあ、そう自慢できるものじゃなかった。詳しくはあとで話さあ。俺はやっぱり木刀のほうが使い勝手がいいや。今夜は木刀にするぜ」

「そのほうがいいや。で、その今夜だがよ」

市左は話しだした。

まだ出かけるまえ、千太が来て居間で四人で話しているとき、

「――午後になればいつ与太のような男たちが、先代が残したという借金の取り立てに来るかわかりません」

吉之助は言っていた。

ならば昼間、吉之助の嘉屋を張っていて、与太が来るのを待ってあとを尾けるという手も、もちろん鬼助の脳裡にめぐった。

だが、取立て屋などは下っ端《したっぱ》であり、甚五郎の隠れ家から出て来ているとは限らない。下っ端の塒《ねぐら》を突きとめ、そやつらを大番屋に引いたりすれば、四ツ谷のようにまた甚五郎に逃げられることになる。

吉之助が夜逃げをしたとなれば、つぎの指示を仰ぐため与太の誰かが甚五郎の許へ走るはずだ。それを尾けるほうが確実ではないか。

もちろんそのことを鬼助は小谷に話した。

小谷はうなずき、

「――夜逃げがうまく行くよう願っているぜ」

と、鬼助と市左の稼業に、期待を寄せたものだった。

市左の話によれば、吉之助が暖簾を出している一帯は昼間でも人通りが少なく、日の入りから半刻（およそ一時間）もすれば、

「――人通りは、土地の者がときおり通るのみとなります」

吉之助は言ったという。

そのようすは、その町場を見ている市左には容易に想像できた。

だからその時分に大八車を牽いて近くに待機し、

「荷運びの開始は、日の入りより一刻（およそ二時間）ばかり過ぎてから」

と、市左と吉之助は決めた。もちろんそれまでに吉之助夫婦が、荷をまとめているはずだ。

日の入りから一刻後といえば、五ツ（およそ午後八時）時分である。町々の木戸が閉まるのは四ツ（およそ午後十時）だから、木戸のある町場を過ぎ、往来勝手の大通りをかなり遠くまで逃げる余裕はある。

だが、

「行く先は？」

「それがよ……」

鬼助の問いに市左は応えた。

なにぶん急なことで、知り人はいても連絡をつける余裕はない。そこで市左が百軒長屋をくまなくあたると、空き部屋が一つあった。大家にかけあい、しばらく借りることで話をつけたという。

「へへ、兄イとあっしが請人《うけにん》ですぜ」

市左は言う。場所は棲家の奥ではなかったが、すぐ近くだった。

そこでしばらくようすを見てから、吉之助は新たに暖簾を出す場所を找《さが》すという。

かなり時間がかかりそうだ。

なんのことはない。こたびも小柳町の嘉吉のときのように見倒屋稼業から離れ、単なる夜逃げの荷運びの手伝いだけになりそうだ。しかし市左は言った。

「見倒しの利鞘は稼げねえが、へへん、お江戸の悪を炙《あぶ》り出すことにならあ。精魂込めてやらせてもらうぜ」

もちろん、鬼助も同様である。

日の入りのすこしまえに出れば、決めた刻限には神楽坂に着く。

陽はすでに西の空にかたむきかけている。

また縁側に千太の声が立った。

「やはり小谷の旦那だ。俺たちに大番屋のようすを知らせるため、寄越してくれたんだぜ」

と、居間に上げると、もちろんそれもあったが、千太の用件は詮議の経過を知らせるだけではなかった。

弓張の御用提灯を持っている。

「小谷の旦那が、あっしに夜逃げの手伝いをしろ、と。それに夜で木戸が閉まっていたり、自身番の人に誰何《すいか》されたらこれを使え、と」

千太は御用提灯を示した。

夜逃げに御用提灯を立てるのは初めてだ。これがあれば、武家地や寺社地以外はどこでも自在勝手が利く。

「それよりも峰岸さんの詮議はどんな具合だ」

鬼助が訊いたのへ、

「それ、それですよ」

千太は応えた。

鬼助は一ノ鳥居を駈け抜けて以来、峰岸大膳を〝さん〟付けで呼んでいる。舟のときから峰岸は観念したか従順だった。それは鬼助も見ている。勝蔵や松助らとつきあいがある以上、冬亀の甚五郎とも幾度か酒席を共にしたことがあるらしく、甚五郎の女が音羽《おとわ》に住んでいることは聞いたが、詳しくは知らないらしい。

「旦那の見立てでは、おそらく嘘は言っていないだろう、と。ただ浪人は、早く放免して門前仲町に帰してくれ、としきりに言っているとのことです」

吉良邸《ご》からのつなぎを待ちたいのだろう。

(この期に及んで)

鬼助も市左も思ったが、それを千太に話すわけにはいかない。さいわい小谷は甚五郎、勝蔵、松助らとの関わりのみを糺《ただ》し、なぜ門前仲町へ早急に帰りたがっているのかは詮索の範囲外に置いているようだ。

陽がかなり西の空にかたむいた。

「そろそろ行く用意にかかろうか」

市左が腰を上げ、鬼助と千太もそれにつづいた。火の用心と戸締りだ。

嘉屋吉之助の借店《かりだな》は小ぢんまりとしているが、小間物の商品と一家族分の家財がある。二回に分けねばならないだろう。一回目が今宵の夜逃げで、二回目はあしたの昼間となる。そのときが夜逃げを助《す》ける目的の正念場となりそうだ。もちろんそのことは、吉之助には話していない。

四　陰《かげ》の悪党退治

一

陽が沈むにはまだいくらか間があるが、火の用心は充分にして縁側も玄関も雨戸が閉められた。

「おい、千の字」

大八車の軛《くびき》に入った市左がふり返った。

「昼行灯《ひるあんどん》じゃあるめえし、そんなの目障りだ。たたんで荷台にくくりつけておけ」

「へえ」

「そこへ一緒に」

轅《ながえ》の外で市左とならんだ鬼助も言った。隠れ岡っ引が御用提灯をおっ立てて夜逃げの手伝いに行くなど、サマになるものではない。

千太は鬼助に言われたとおり、提灯を折りたたんで取っ手を鬼助の木刀と一緒に荷台にくりつけ、動き出した大八車のあとにつづいた。もちろん鬼助たちもぶら提灯を用意しており、折りたたんでふところに入れている。

鬼助も市左も、ただ黙々と歩を進めた。千太がすぐうしろについていては、自儘《じまま》に話すことはできない。小谷同心の隠れ岡っ引をしているとはいえ、浅野家臣と吉良邸に関することは小谷には伏せており、逆に隠れ岡っ引をしていることは弥兵衛らには伏せているのだ。浅野家に関わる者で、それを知っているのは、磯幸にいる奈美だけである。

大番屋での詮議がどこまで進んでいるのか、峰岸大膳も小伝馬町送りになるのかどうか気になるが、それもいまは話題にできない。峰岸大膳を話題にすれば、つい不用意に吉良邸が口に出るかもしれない。

「また唐丸が出ることになれば、お知らせしやしょうかい」

背後から千太が言った。

「黙って歩け」

「へえ」

鬼助がふり返って一喝し、千太は首をすくめ車輪の音につづいた。

夜にそなえ外濠城内の武家地は避け、筋違御門から神田明神下に出て神田川の北側に道順を確かめるように進んでいる。夜更けてからふたたび通る道である。

木戸のある往還は巧みに避けたが、二度ほど鬼助と市左は無言でうなずきを交わした。自身番の前を通ったのだ。木戸をうまく避けても、帰りが夜四ツ（およそ午後十時）を過ぎておれば、確実に誰何《すいか》される。毎回ながら、夜逃げ手伝いの見倒屋にとって最も気を遣うところである。

神田川の外濠に沿った往還を経て牛込御門前に着いたのは、陽が落ちてからすぐだった。冬場の夜の足音は早い。視界の薄暗くなりかけたなかに、神楽坂が上に向かって延びている。すでに昼間のにぎわいはなく、広い坂道に人影はまばらで、武家屋敷側に灯りはないが、町場の側に飲食の店が軒行灯《のきあんどん》や軒提灯に火を入れはじめたのが、おなじ往還であってもまったく異なった顔を示している。

「帰りもあの灯りがあったほうがいいのだがなあ」

「あはは。そのほうが逆にこっちが目立たねえからなあ」

鬼助と市左は棲家を出てから、初めて言葉らしい言葉を交わした。

うしろから千太が、

「えっ、そうなんですかい」

不思議そうに声を投げ、

「あっしの提灯はどうしやすので」

「さあ、黙っておめえも前に出て来て轅《ながえ》につけ」

「へえ」

市左に言われ、千太は前に出て轅についた。

市左が軛《くびき》で、左右の轅を鬼助と千太が牽くかたちになった。

坂道に入った。

ところどころが石畳で階段状になっている。昼間でも神楽坂には荷馬は通っても荷を満載した大八車を見ないのは、この石段のためだ。

「さあ、牽いてくれ」

「おう、せいのっ」

石段を一つ上がった。カラだからいいものの、荷を満載してこの坂を上るのは困難だろう。

坂の中ほどの善国寺に近づいたときには、まばらな人影は町場側だけになり、軒提灯や軒行灯の灯《とも》っているのが点々と見えた。

「俺たちも火を入れよう」

鬼助がふところから提灯を出し、近くの屋台で火をもらった。

枝道に入った。神楽坂の大通りはむろん、脇道に入っても軒提灯に人の動きが見られ、大八車を牽くのに灯りを持っていなかったら、かえって不審に思われる。

善国寺の裏手にまわった。次第に飲食の店もなくなり、人の動きもさっき提灯を持った女とすれ違っただけとなった。

あと一つ角を曲がれば吉之助の嘉屋《よしや》である。

このあとの段取りは、棲家を出るときに決めている。今宵、運ぶのは長持《ながもち》など大きな物と小間物の商品だけで、古着や台所道具などこまごましたものは、あしたの昼間である。あしたになれば、冬亀の手の者が吉之助の夜逃げに気づくだろう。そこへ今夜積み残した荷を取りに行こうというのだ。

この策を立てるのには、小谷が京橋の和泉屋で〝奉行所はそれに合わせてやらあ〟と言ったのが背景となっている。そのために小谷は千太に御用提灯を持たせて寄越したのだ。おかげで千太は寒い冬の夜に、夜逃げの手伝いである。

大八車は角の手前で停まり、

「ちょいと声をかけて来らあ」

市左が一人で嘉屋に向かった。

大八車のそばでは鬼助の提灯の灯りのなかで、

「ひー。冷えやすねえ」

「なあに、もうすぐあったまるぞ」

千太が両手で肩をかき寄せたのへ、鬼助も身をぶるると震わせ、市左の戻って来るのを待った。

嘉屋のあたりは、吉之助が言ったとおり暗くなったなかに人通りはなかった。

雨戸は閉まっているが、すき間から中に灯りのあるのがうかがえる。

市左は軽く雨戸をたたき、

「吉之助さん、伝馬町の市でござんす」

低い声をすき間に入れた。

すぐに雨戸の潜《くぐ》り戸《ど》が開いて吉之助が顔をのぞかせ、

「待っていました。さ、中へ」

入ると、店場にはすでに物《ぶつ》はなにもなくなっていた。奥のほうに大きな風呂敷包みが三つほど見える。小間物はかさばらないので、こうしたときは便利だ。

「鬼助さんは？」

「角の向こうで待っていまさあ。ほれ、きょう朝方、伝馬町で会いやしたでしょう。あの小柄な若いの。千太も一緒で」

「それはありがたいです」

言っているところへ、奥から吉之助の女房が出て来た。五歳と二歳の男の子の手を引いている。お江《こう》といった。市左とは初対面で、元気なら見栄《みば》はよさそうだが、心労のせいかすっかりやつれた顔になっている。亭主から詳しく話を聞いているのか、互いに挨拶は簡単にすませた。五歳の男の子が、

「この人？　引っ越しのお手伝いをしてくれる人」

お江の顔を見上げた。今宵引っ越しの話はしてあるようだ。二歳の子はまだわからず、不意に家の中が慌ただしくなったことが不安なのか、お江の手にしがみついている。家財も台所も、すっかり片付いていた。あとは運び出すだけである。

「裏手はさらに人通りがありません。裏から」

吉之助は言うと鬼助たちを裏手へ案内するため潜り戸を出た。

大八車は小型の簞笥と長持と店の商品だけで一杯になった。

吉之助が荷の固定されたのを見て、

「やはり、今夜中にもう一度となりますねえ」

「二回目はあしたです」

鬼助が返したのへ、

「えっ」

「ともかく動き出したからには、俺たちに従ってくだせえ。さあ、おかみさん。お江さんとおっしゃいやしたねえ。この千太が器用なものを用意しておりやして、一緒に先に立ってくだせえ。さあ、千太」

「へい」

千太は御用提灯に火を入れた。

「えぇえ！　そんなもの、どうしてここに⁉」

吉之助だけでなく、お江も驚いた表情になっている。

「だから言ったでやしょう。器用なものを持っているって。これがあれば誰も手出しはできやせん。さあ」

言われれば、不思議に思いながらも吉之助は従わざるを得ない。今宵はすべてを鬼助と市左に預けているのだ。

千太の御用提灯のうしろに、お江が二歳の子を背に五歳の子の手を引いてつづき、その提灯の灯りが見えるほどのうしろに大八車がつづいた。轅に市左が入り、うしろから鬼助と吉之助が押すかたちになった。三人とも寒さしのぎに手拭で頬かぶりをしており、夜が遅くなった荷運び人足に見える。

神楽坂の灯りはさっきより減って、人通りもほとんどない。坂下では牛込御門はとっくに閉まっており、外濠に沿って神楽坂の界隈を離れると、

「やっと出ましたねえ」

と、吉之助は安堵の息をついた。

前を行く御用提灯の灯りは、子連れの女がなにかの理由で自身番に呼ばれ、それが岡っ引に送られて帰る途中のように見える。

まだ町々の木戸の閉まる夜四ツまえのせいか、それとも御用提灯のおかげか、誰何されることはなかった。

吉之助が大八車を押しながらぽつりと言った。

「取立て屋が三人、入れ代わり立ち替わり来て、それはもう地獄でございました」

「わかりやすぜ。そのときの恐怖と情けなさ」

車輪の音が、静まり返った冬の夜のなかに響いている。

子連れ女に御用提灯の一行が、荷運びの大八車と一体に固まって歩を進めていたなら、逆に奇異の目を誘い、いずれかの自身番から声がかかっていたかもしれない。途

中、五歳の身では夜道に疲れたか、父親の押す大八車に乗せられた。

一行が伝馬町の棲家にたどり着いたとき、ちょうど石町《こくちょう》の時ノ鐘が夜四ツを告げるのが聞こえてきた。

大八車の荷は小間物の商品だけを中に入れ、簞笥と長持はそのままにした。あした朝早く、近くの長屋に運び入れることになるのだ。

吉之助夫婦の一家は居間に入り、鬼助と市左は物置部屋に寝ることにした。そのためにも簞笥、長持は中に入れられなかったのだ。

「それじゃあっしはこれで」

と、千太は棲家に残っていた脇差を腰に差し、御用提灯を手に八丁堀に向かった。町々の木戸はすでに閉まっている。御用提灯はここでも役に立つ。

二

夜明けとともに雨戸が開くと、中でいつもより多くの人が動いている気配がする。子供の声まで聞こえる。

「なんなんですよう、これは」

井戸端で顔を洗ったばかりのお島が濡れ手拭を手に、縁側からのぞきこんだ。長屋の住人たちも、市左たちの棲家のほうを見ている。

「おぉ。きのうの夜、急な仕事があったもんでなあ。わけはあとで話さあ」

と、市左が縁側で吉之助の家族を引き合わせた。

「あら、そうなの」

と、市左たちの仕事柄、お島をはじめ長屋の住人たちは事情を察し、あとはなにも訊かない。

嘉屋は小間物商いであり、常店《じょうみせ》と行商の違いはあってもお島と同業である。逃げこんだ先にさっそく知り合いができ、お江は安堵の表情になった。あとはすぐ近くの長屋に荷運びである。

お島も手伝い、運びこみはすぐに終わった。さっそくお島は、

「あらー、この紅。切らしそうになっていたんですよ。分けてくださいな」

と、さっそく吉之助から仕入れをしていた。

陽がいくらか高くなったころ、

「段取りが決まりやした」

と、千太が知らせに来た。

棲家はふたたび鬼助と市左だけになっており、お島もすでに仕事に出ている。

千太は余裕があるらしく、居間で鬼助たちとまた長火鉢を囲んだ。

語った奉行所の段取りとは、午過《ひるす》ぎに小谷が、町人姿と百姓姿に扮《こしら》えた捕方二人をともなって神楽坂の自身番に入り、

「取立て屋はきっと音羽町《おとわちょう》に向かうだろうと予測し、早稲田村《わせだむら》の庄屋《しょうや》に六尺棒を十本ほど待機させるとのことでさあ」

音羽町と予測できたのは、きのう峰岸大膳を引いた賜物《たまもの》である。峰岸はまだ茅場町の大番屋に留め置かれているらしい。鬼助は峰岸が小伝馬町に送られていないことに、ホッとしたものを感じていた。

捕方を十人も待機させることに、市左が身を乗り出して訊いた。

「さすがは旦那だ。棲家が判りしだい打込みなさるのか。で、音羽町といやあ護国寺《ごこくじ》の門前町だぜ。大丈夫かい」

「さあ、それは……」

千太は口ごもった。

すかさず鬼助が、

「なあに、ご門前といっても町奉行所の支配地だぜ。わっと打込み雑魚《ざこ》は放っておい

て冬亀の甚五郎一人を押さえ、さっと引き揚げる寸法だろう。土地《ところ》の店頭《たながしら》どもが騒いでもあとの祭ってことじゃねえのかい。しかもこたびは、根岸の殺しが関わっていることだ。店頭だって、冬亀をかばい立てできまいよ」

「なるほど。旦那は、甚五郎一人に狙いを定めているようだからなあ。このあと俺たちが神楽坂へ行くのは、まさにそのためってことだな」

「そうなりやすねえ」

市左がつないだのへ、千太は逆に教えられたように返した。

神楽坂の坂上の町場を西に抜ければ早稲田村で田畑が広がり、北へ進めば神田川の上流にぶつかる。そこに架かる江戸川橋を渡れば音羽町だ。神田川に架かる橋が江戸川橋とはみょうな名だが、以前、鬼助は弥兵衛のお供で護国寺に参詣したとき、土地の者から聞いたことがある。自慢げに言っていた。

「――へへん。川は神田川に間違《まちげ》えねえが、ここから少し下りゃあ千代田のお城のお濠になってらあ。だから土地ではここからお濠までを江戸川と呼んでいるのよ。そこに架かる橋だぜ」

だから江戸川橋ということらしい。

そこを初めて渡ったとき、

「――おぉ。お江戸のはずれにこんな町が！」

鬼助は驚いたものだった。町全体が新しい。護国寺は二十年前の天和《てんな》元年（一六八一）に将軍家の祈禱寺《きとうじ》として創建されたばかりだ。将軍家ゆかりとあってはたちまち門前町ができ、十丁（およそ一粁《キロ》）ほどにわたって真一文字に敷かれた広い往還の両脇には、飲食をはじめ蠟燭《ろうそく》・線香、仏具、石材、衣料などの商舗の暖簾がなびき、往還にもそばや汁粉などの屋台が出ていた。

その奥に山門が見え、町は山門前の一丁目から九丁目へと区画され、江戸川橋を渡ったあたりが音羽九丁目となる。

さらに千太は、

「あっ、そうか。尾けるのに早稲田村を通るかもしれないから、一人は野良着で」

と、いまさらながらに気づいたように言った。

「で、おめえはどうする。また俺たちと一緒に来るかい。それとも自身番で旦那と俺たちの首尾を待つかい」

鬼助が訊いたのへ千太は、

「あっしは兄イたちと一緒に神楽坂まで行き、取立て屋が来ればすぐ自身番まで走るのが役目で」

「そうか。取立て屋め、きょう来てきょう中にカタがつけばいいがなあ」

「兄イ、そのときはよろしゅう頼むぜ」

と、この策も市左は鬼助を頼りにしている。もちろん市左もかつて無頼を張っていたのだから、与太相手の喧嘩は経験がないわけではない。だがこたびの策は、対手《あいて》を圧倒したうえに無傷で追い返さねばならないのだ。

話しているうちに出立《しゅったつ》の刻限となった。

吉之助とお江が来た。恐縮しきっており、

「あの取立て屋のお人たち、来ないことを祈っております」

「もし来たら、くれぐれもおケガのないように」

「よろしゅう、よろしゅう」

と、夫婦そろって幾度も頭を下げる。

子供二人は長屋に残しているようだ。

「ともかくおたくら、あまり出歩かねえようにしてくだせえ」

市左が注意を与え、三人は出発した。

きのうとおなじ神田川北沿いの道順である。鬼助は腰の背に木刀を差して市左とならび、千太がうしろについている。

車輪の響きのなかに、

「お江さんは来ないように願っていたが、来なきゃ無駄足になっちまうなあ」

鬼助の言ったのが千太にも聞こえたか、

「そのときは荷をすこし残し、またあした来れば」

「おっ。おめえにしちゃあいいこと言うじゃねえか」

市左が軛の中からふり返ると、

「いえ。旦那がそうおっしゃっていて、あしたもおなじ陣を敷くから、兄イたちもそうしてくれ、と」

「なんでえ、そんなことだと思ったぜ」

「ゴホン」

鬼助が咳払いをした。〝陣を敷く〟など、物騒な言葉である。さいわい、往来人のなかで気にとめた者はいなかった。

「さあ、坂道だ」

と、神楽坂を上り、雨戸の閉まっている嘉屋の前に着いたのは午過ぎ《ひるす》ぎだった。千太が到着を告げに自身番に走り、きのうは裏手からだったが、きょうはわざと目立つようにおもてへ大八車を停め、市左が裏手にまわって吉之助から聞いた方法で裏手の勝手口を開け、中からおもての雨戸を開けた。

明かりがガランとなった店場に射した。鬼助が中に入ろうとすると、おとなりさんか近くの住人か、二人ほど駈け寄って来て、

「あんたがたは？」

怪しむ目つきで鬼助と市左を見つめ、もう一人が店の中をのぞきこみ、

「こ、これは。いったい！」

驚きの声を上げた。

いつまでたっても雨戸が明かないので、近所では不審に思っていたようだ。

市左が往還に出て、

「はい。手前どもは荷運び屋でございやして。嘉屋さんのご一家はきのうの夜、急な引っ越しをなさいやして。きょうは残った荷を取りに来たのでございます」

「えっ、ならば夜逃げ！」

「やっぱり」

一人が言うと、もう一人は得心したようにつないだ。

あと二人ほど、近所のおかみさん風が来て、しきりにうなずいていた。もう幾日も取立て屋の声があたりに聞こえていたのだろう。おかみさんたちも同情する表情にな

り、どこへとは訊かなかった。

千太が戻って来て、荷の運び出しが始まった。古着や残りの布団は大きな風呂敷に包まれ、茶碗や鍋、釜、包丁などはひとまとめにして葛籠《つづら》に入れてあったので運びやすく、三人がかりでさほど時間はかからなかった。

あとは竈《かまど》の灰のみとなった。

来ない。

店場の板敷きに休憩するように三人は座りこんだ。

ときおり近所の住人が中をのぞきに来る。いずれも得心したような表情で、荷を積んだ大八車を堂々と店の前に停めているのだから、荷運びそのものを怪しむ者はいない。

「どうする、兄イ。もうちょっと待ってみやすかい」

「ふむ。せっかく来たんだ。待とう」

市左が言ったのへ鬼助は返し、

「それじゃこのこと、ちょいと旦那に報《しら》せてきまさあ」

千太が腰を上げようとしたのへ、

「よせ、旦那のことだ。物見《ものみ》を出してこっちのようすはとっくに知っていなさろう。

それよりも、取立て屋はすでに来て、どこからかこっちを見ているかもしれねえ。そこへおめえがのこのこ出て自身番に行き来するのを見られたら、こっちの意図が知れてしまわぁ」

と、鬼助は制止した。

その鬼助が、

「うーん。あしたまた出直すか」

言ったときだった。

「ええぇ！」

「なんなんだ、これは」

往還から店の中をのぞいた若い男が二人、頓狂《とんきょう》な声を上げ、

「なんでぇ、おめえら」

「この店の者はどうした」

と、横柄《おうへい》な態度で敷居をまたいだ。どちらも脇差を帯び、見るからに遊び人といった風情だ。

千太は鬼助に顎で示され、二人の面を確認しすぐさま奥へ消えた。裏手から自身番へ走るのだが、男二人には奥へ逃げたように見えたことだろう。与太二人は土間に立

ったまま千太を無視し、がらんとした板敷きにあぐらを組んでいる職人姿二人と、対峙するかたちになった。

鬼助と市左は、与太二人を値踏みするように、頭のてっぺんからつま先までじろりと見た。

「な、なんなんでえ、おめえら。職人みてえだが」

気味悪そうに一人が言ったのへ市左が応じ、

「見て判らねえかい。おもてに大八が停まっていたろうが」

「だから訊いているんでえ。おめえら、運び屋か。この店の吉之助とお江はどこへ行った。ほかにガキが二人、いやがったろう」

「そんなこと、おめえらに言う必要ねえだろう」

「なに！」

与太二人は腰を落とし、脇差に手をかけた。

「兄イ」

と、ここまでが市左の仕事である。

深川での峰岸大膳と違い、こうも簡単に挑発に乗るとは、いずれ大した腕ではなさそうだ。吉之助は、取立て屋は三人だと言っていたが、二人しかいない。

鬼助はやおら立ち上がり、

「この家はなあ、無傷で大家に引き渡さなきゃならねえんだ。おもてに出ろや」

「なんだと。大家に引き渡す？　やつら、夜逃げしやがったのか」

「だから、見りゃあ判るだろ」

鬼助は悠然と土間に下りて草鞋《わらじ》をつっかけ、敷居をまたいで外に出た。

釣られるように与太二人もそれにつづき、

「おっ、こいつ。木刀なんぞ持ってやがるぞ」

「へん。そんなもんで俺たちに立ち向かおうってのかい」

片方が気づいて言ったのへ、もう一人がつづけた。

人通りの少ないおもてに、野次馬が集まりはじめた。いずれも近くの住人らしく、これまでの経緯《いきさつ》を見ているのか心配そうに見守っている。

それらの視線を受けながら、鬼助は返した。

「立ち向かうかどうかはおめえら次第だ。おめえら、人のことを訊くなら、まずてめえらから名乗れ。どこから来やがったい」

「なに！　それはこっちが訊いてんだ。さあ、吉之助は女房とガキを連れてどこへ逃げやがった。そこへ荷を運ぶんだろ」

兄貴分らしいのが言ったのへ、もう一人が、

「やい、木刀野郎。言うまでこの大八は出させねえぜ」

言うなり脇差を抜き、周囲に驚きの声が洩れるなか荷を縛った縄を斬ろうとした。

つぎの瞬間だった。

「きゃー」

女の悲鳴だ。鬼助が腰から木刀を抜くなり、脇差を持った男の腕を下から撥《は》ね上げるように打った。

「ぎえっ」

男のうめき声とともに脇差は宙に舞い、

――カシャ
音を立て地に落ちた。

「おぉぉぉ！」

野次馬たちは驚きの声とともに一、二歩あとずさりし、輪を広げた。

「野郎！」

もう一人の兄貴分らしい男も脇差を抜こうとした。

「きゃーっ」

また女の悲鳴が上がった。

鬼助が腰を落としたまま、くるりと向きを変えるなり男の前に飛びこみ、

「だあーっ」

木刀を上段から男の腕に打ち下ろした。

「うっ」

男の動きが止まった。脇差を半分抜いたまま腕が痺《しび》れたか。

「ううう」

男のうめき声のなかに鬼助は、

「心配するな。骨は折れていねえぜ」

言うとその脇差を鞘に押しこんだ。

男は打たれた腕をもう片方の手で押さえ、

「くそーっ。お、覚えていやがれ」

ありきたりの台詞《せりふ》を吐き、

「どけ、どけいっ」

退く以外にない。

野次馬は道を開け、さきに脇差を撥ね上げられた男も、

「ま、待ってくれ」

打たれた箇所を片方の手で押さえ、つづこうとした。

「おい、忘れ物だぜ」

鬼助は地に落ちたままになっている抜き身を手で示した。

「く、く、くそーっ」

男は手で片方の手を押さえたまま拾い上げ、抜き身のまま手に持ち兄貴分らしい男を追いかけ、野次馬はさらに広く道を開けた。

「兄イ。またいいものを見せてもらったぜ」

市左が店の中から出て来た。

「おおぉぉぉ」

ようやく感嘆の声を上げる野次馬たちに鬼助は、

「つまらねえものを見せてしまいやした」

と、木刀を腰の背に差しこみ、

「あっしら、昨夜残した荷を吉之助旦那とお江さんの許へ運ぶだけなんでさ。おう、戸締りだ」

骨は折っていなかった。真剣と向かい合い、対手が手練《てだれ》だったならつい骨を砕いてしまうこともあるが、さきほどの与太には手加減する余裕が持てた。

「がってん」

市左は戸締りにかかった。

野次馬たちの輪が縮まり、

「行き先は訊かねえ。吉之助さんにお達者でと伝えてくだせえ」

「お江さんにも」

声が出た。

いずれの顔も、安堵の表情になっていた。

三

住人たちに見送られるように、鬼助と市左は大八車を牽いて角を曲がり、神楽坂の坂道に出た。

「兄イ」

と、千太が待っていた。

大八車を停めた。

「旦那方は尾行につきやした。坂上に向かっておりやすが、みょうなんで」

「なにが」

鬼助が訊いた。

「やつら、確か二人だと思ったのに、一人なんで」

鬼助と市左は顔を見合わせ、すぐに鬼助が、

「一人は俺たちを尾ける気かもしれねえ。おめえ、すぐ俺たちから離れろ。旦那にはうまく撒《ま》くからと伝えておけ」

「へえ」

這《ほ》う這《ほ》うの態《てい》で逃げた与太二人だが、さすがに吉之助の居場所をつかみたいのか、

（なかなか気の利いたことをするものだ）

鬼助は感心し、

「行くぞ、市どん」

「おう」

市左も応え、千太はもと来た道を返し、大八車は坂を下りはじめた。昨夜もそうだったが急な坂道を下るときは、大八車の向きを変え、上へ引っぱるようにしてゆっくりと下る。鬼助と市左は左右から轅の外につき、徐々に下りている。

「市どん。ふり返るんじゃねえぜ」

「わかってらい。だが、どうやって撒くのでえ」

「ははは、任せておけ」

——ゴトッ
車輪が石段を下りた。

話しているうちに坂道を下り、大八車は神楽坂を離れた。

市左はいつものように前の轅に入っているから、ふり返りようがない。うしろから押している鬼助もふり返らなかった。だが、与太一人が尾けているのは間違いないだろう。

小谷たちが尾けた一人は、予測どおり早稲田村に入った。

駈け足ではないが、かなり急いでいる。周囲は冬の田畑で黒い土の原が広がり、見通しがよすぎる。二十間（およそ三十六米）ほども離れて野良着の男が、おなじ足取りでつづいているが、前を行く遊び人風の男は警戒心がないのかふり向きもしない。この分ではふり返っても、かなりうしろでおなじ方向に歩を踏む男が尾行しているなどとは気がつかないだろう。百姓衆の野良着姿で、まったく周囲の景色に溶けこんでいるのだ。

その百姓姿のうしろ二十間ほどに、手拭を吉原かぶりにした町人がつづいている。どちらも小谷の手の捕方である。さらにその二十間ばかりあとに、急ぎ戻って来た千太をともない、小谷が黒羽織で同心姿のまま尾いている。これだけ離れれば、先頭の与太は動く点のようにしか見えず、ともすれば木陰や土地の起伏で見えなくなることもある。与太からも同様である。

「いかん、これは」

「へえ、なにが？」

畦道《あぜみち》ではないが草のまばらに生えた細い往還に、大股の歩を踏みながら言った小谷に千太は問い返した。

小谷は前方を凝視したまま、

「江戸川橋を渡れば門前町だ。家も人も急に増える。この間隔のまま音羽の大通りで脇道にでも入られたら見失うぞ。間合いを縮めるよう捕方たちに告げて来い。橋の手前で野良着と吉原かぶりが交替するように言うのだ」

「へい」

千太は小走りになった。

間合いが十間（およそ十八米）ほどに縮まり、遊び人風はなおも背後に気づかないまま江戸川橋に近づいた。橋には数人の人影が見える。手前たもとの片方は百姓地だが、もう一方は川に沿って武家地になっており、そのほうの往還から人が出て来ているようだ。もちろん武士やその内儀たちとは限らない。町場から武家地の往還を抜けて来る者も多いのだ。

橋の上で百姓姿と吉原かぶりが交替し、千太が間合いをさらに縮め吉原かぶりにつづいた。

音羽の大通りは、橋のたもとの九丁目はまだ人はまばらだが、八丁目、七丁目と進むほどに人も屋台も増え、山門前の一丁目、二丁目あたりでは毎日が縁日のようににぎわっている。

ちょうど太陽が中天にさしかかった時分だ。

小谷は橋の手前で歩をとめ、

「ご苦労だったな」

と、百姓姿の捕方と脇の木陰に寄って千太たちの首尾を待った。

吉原かぶりも千太もさらに間合いを縮めた。男は六丁目のあたりで、筆屋の角を曲がり脇道に入った。

吉原かぶりは歩を速めて角を曲がり、ほんの数歩うしろで千太も曲がった。

その枝道の奥のほうに、黒い髪をうしろで束ねた垂らし髪の年増《としま》の女が、暖簾を玄関口にかけているのが見える。小ぢんまりとした飲み屋のようで、これから営業のようだ。

遊び人風がいっそう足早になり、女はそれに気づいたようでふり向いた。垂らし髪のせいもあろうか、なかなか色っぽい女のようだ。

男は近づき言った。

「姐《あね》さん、旦那はいなさるかい」

「ああ、いるよ。奥で、さっき起きたばかりさ」

声は吉原かぶりにも千太にも聞こえた。

さらに、

「急な用ができやして。ちょいと失礼いたしやす」

「ああ。お入りな」

明らかに上下関係のわかるもの言いで男は腰高障子の中に入り、暖簾をかけ終えた女も入る背後を、吉原かぶりが通り過ぎ、ついで千太も通り、中をちらと見た。土間はせまく、入るとすぐに寄付《よりつき》で板敷きの部屋になっているようだった。薄い茶色地の暖簾に〝かめや〟と白く染め抜かれている。なかなか品《ひん》のいい暖簾で、出入り口の格子戸も細やかに組まれ、路地裏の飲み屋の雰囲気ではない。甚五郎がこうした小ぢんまりとした店を出させているのだろう。

男のもの言いからも、さっきの女が冬亀の甚五郎の女で、間違いない。

吉原かぶりの捕方と千太はうなずきを交わして脇道をそのまま進み、路地を入って〝かめや〟に裏の勝手口があるのを確かめ、ふたたび音羽の大通りに出て江戸川橋に急いだ。

小谷同心が江戸川橋のたもとで首尾を待ち、橋の上に出た百姓姿の捕方が、

「おっ」

と、お仲間の吉原かぶりと岡っ引の千太が速足で戻って来るのを目にしたころ、大八車を牽いた鬼助と市左は神田明神下から筋違御門を抜け、火除地広場に入ったところだった。

この火除地は柳原土手を経て両国広小路とつながっており、音羽の大通りと似ていつも屋台が出てそぞろ歩きの人々でにぎわっている。

市左は、

「へい、ご免なすって」

と、それらにぎわいのなかを正面の神田の大通りではなく、左手の柳原土手のほうに梶を切った。

さっき筋違御門を抜けるとき、市左はふり返り、

「――そういうことだったのですかい。わかりやしたぜ」

言ったものだった。

御門に入ったとき、石垣のあいだで鬼助が、

「――市どん、神田の大通りに入らず、土手のほうにまわってくれ」

と、声をかけたのだ。

鬼助は大八車をうしろから押しながら、角などでさりげなくふり返り、尾けて来るのが脇差を撥ね上げた男であることを確認していた。いまもその脇差を男は腰に差している。

筋違御門の火除地から神田の大通りに入り伝馬町に向かったのでは、棲家の所在を知られ、吉之助たちの入った長屋も突きとめられるだろう。

大八車は柳原土手の往還に入った。両脇に古着や古道具の造作のあまりよくない常《じょう》店《みせ》が建ちならび、ところどころ櫛の歯が抜けたように空き地があり、莚《むしろ》一枚か風呂

敷一枚で商っている行商人たちが占めている。往還のあちこちに甘酒や汁粉、そばなどの屋台も出ている。

「あちゃー」

広場の人混みのなかに、与太は立ちすくんだ。

引っ越し荷物を載せた大八車を牽き、柳原土手に入ったということは、

(やつら、見倒屋だったのか)

と、気づき、

(吉之助の落ち着き先に、荷を運ぶのじゃなかったのだ)

と、いまさらながらに覚《さと》ったのだ。

尾行の目的はもう果たせない。二人の塒《ねぐら》を突きとめるにしても、ここでいつまで商っているかわからない。しかも見倒屋となれば、その所在を突きとめるのも困難だ。

近くの常店のおやじが出て来て、

「おう、兄弟《きょうでえ》。こんな時分に卸《おろ》しとはみょうな」

「ちょいとわけありでなあ。店の前をじゃましてすまねえ」

声をかけたのへ、市左は大八車を停めて応えた。

この親しそうなようすを、男は困惑しながら見ている。ここでは運びこみや卸しは、

朝のそぞろ歩きの客が出て来るまえにやってしまうことを男は知らない。

「ちょいと呼んでくらあ」

と、往還に入ったすぐのところで、鬼助は市左を待たせ奥に入った。ここを仕切る店頭《たながしら》・八兵衛一家の代貸・甚八《じんぱち》を找《さが》しに行ったのだ。いつも見まわりで若い衆を連れ、土手の往還を歩いているはずである。

柳原土手の縄張を、流れ者の又五郎《またごろう》が奪おうとしたのを鬼助が防いだのは、つい先月のことである。店頭の八兵衛も代貸の甚八も鬼助には一目《いちもく》も二目も置き、大いに感謝しているところだ。

甚八はすぐに見つかった。若い衆を二人連れ、矢場の近くにいた。いずれも脇差を帯びている。

「おぉう、これは鬼助さん」

と、甚八のほうから駈け寄って来た。

「すまねえ。みょうな付け馬がついている。ちょいと追い払ってくれねえか」

「よし、わかった。どこだ」

と、話はそれで通じた。どこの町でも店頭を張る一家は、縄張内《しまうち》に奉行所の者より得体の知れない与太が入って来るほうを警戒する。縄張荒らしかもしれないからだ。

それを排除するのが、代貸の日常の仕事である。

「火除地広場の近くだ。市どんが大八を牽いて待っている」

「よし。おう、行くぞ」

甚八は若い衆二人を随《したが》え、走った。

市左は大八車を脇に寄せ、広場のほうを気にしながら待っていた。

男はまだ思案気にというか、手持ちぶさたのように動かない大八車をちらちら見ながら、広場の人混みのなかをうろついている。

「おう、甚八さん。来てくれやしたかい」

と、市左も心得たもので駈け寄って来た甚八に、広場のほうへあごをしゃくった。

「おう、あれか」

と、ひと目で甚八にはわかった。そぞろ歩きの諸人《もろびと》のなかに、いかにも遊び人といった風情の男が、脇差を腰にうろうろしていたのでは目立つ。土地の店頭一家にとって、最も目障りな輩《やから》である。

甚八は若い衆二人を背後に、脇差の男へ近寄り、

「兄さん、見かけねえお人だが、なにか探し物ですかい」

「うっ」

不意に土地のやくざ風に声をかけられ、男は困惑したようすになった。男も一端《いっぱし》の与太なら、土地々々のやくざの仁義は心得ている。ここで土地の者に逆らえば喧嘩になり、多勢に無勢では袋叩きにされかねない。

「い、いや。ちょいとにぎやかなもんで、見物させてもらっていただけだ」

「さようですかい。だったら、往来のお人らの邪魔にならねえようにお願《ねげ》えしてえんでやすが、よろしいですかい」

早く立ち去れと言っているのだ。

こうなればもう尾行どころではない。男はたじたじの態《てい》になり、

「わ、わかったよ。きょうは帰《けえ》らしてもらわあ」

大八車のほうをじろりと睨み、きびすを返し筋違御門へ向かった。肩をいからせ、ふてくされたように歩を取っている。

甚八は大八車のところへ戻って来て、

「これでよござんすかい」

「ああ、助かりやしたよ」

市左がホッとしたように返し、

「なんなんですかい、あの若いのは」

「見倒しの仕事でちょいと揉めやしてねえ。とんだ付け馬を引っぱって来やしたものでね」

「そりゃあご苦労さんなことで」

鬼助が応え、話しているところへ、男を尾けた若い衆が戻って来て、

「確かに筋違御門を出て行きやした」

と、安堵したように告げた。

「ありがとうござんした。これで安心して伝馬町に戻れまさあ。さあ、市どん」

「おう」

市左はまた轅に入って鬼助がうしろにつき、大八車は神田の大通りへ向かった。

甚八がまた言った。

「ここでしばらく、さっきの男が戻って来ねえよう見張っていまさあ」

「ああ。世話になりやす」

鬼助はふり返って応えた。

大八車は神田の大通りから石町の角を曲がり、小伝馬町の通りに入った。

「兄イ、大丈夫かい」

市左の声に鬼助は堂々とあとをふり返り、

「ああ、影も形も見えねえ」

と、声も大きくなっていた。

陽がいくらか中天を過ぎていた。

百軒長屋の界隈に入り、吉之助たちの入っている長屋へ直接向かった。

「無事でございましたか！」

吉之助が長屋から飛び出て来て、二歳の男の子を抱いたお江が、

「これは、これは。ほんとうにもう」

と、感極まったようにつづき、

「おじちゃーん」

五歳の男の子がそのあとをよたよたと走ってきた。

部屋への荷運びを終え、鬼助が五歳の男の子の頭をなぜ、

「坊主、しばらく遠くへ遊びに出るんじゃねえぞ。吉之助さんたちも、暫時《ざんじ》ここでじっとしていてくだせえ。神楽坂のようすは、またあっしらが見て来まさあ」

「まあ、心配しねえで、静かにしていなせえ」

市左がつないだ。

「なにからなにまで」

「ほんとうにもう」

と、吉之助とお江はしきりに頭を下げている。

混乱が予想されたなかを悠然と荷を運んで帰ったうえ、また神楽坂を探ろうとしている。昨夜は御用提灯まで用意していた。

二人の幼子をかかえ、精神的にも追いつめられていた夫婦にとって、

(この人たちはいったい?)

と、疑問に思う余裕はまだなかった。

四

音羽のほうである。

百姓姿の捕方が、

「小谷さま!」

叫んだのへ、

「ほう、戻って来たか」

小谷はやおら木立の陰から往還に出た。

千太と吉原かぶりが江戸川橋に入ると橋板に音を立て、

「見つけやした、見つけやしたぜ！」

「野郎、確かにいますぜ！」

着飾った数人の参詣人がふり返る。

「こら」

橋のたもとから小谷は叱声を投げた。

「へ、へえ」

と、二人はその意味に気づいたか、口を閉じ足音まで忍ばせ橋を渡り切った。

「さあ、聞こう」

小谷は木立の陰へ二人の背を押した。

四人は立ったままである。

吉原かぶりの捕方と千太は、功を競うように、

「六丁目でやした。筆屋の角を曲がり……」

「かめやという小奇麗な飲み屋で……」

と、男が垂らし髪の女を姐《あね》さんと呼んでいたことも詳しく語った。

小谷はじっと聞いていて、

「ふむ。間違いないようだなあ」

百姓姿も合わせ、三人を順に見て、

「よし、ご苦労だった」

三人とも得意気な表情になっている。

「いますぐ、打込むぞ」

「へいっ」

四人は小谷を先頭に早稲田村の庄屋の家に向かった。

八丁堀の組屋敷よりも数倍広く、門構えも二、三百石の旗本屋敷に劣らないほどで庭も広い。

小谷の一群が駈けこんだ。

庭が急に慌ただしくなった。

「そなたらのおかげで、門前町に巣喰う悪党どもを捕縛できそうだ」

小谷は庄屋をはじめ集まった百姓代たちに礼を述べ、着ながしの着物を尻端折に鉢巻とたすきを掛けで長尺十手を手にし、さきほどの吉原かぶりと百姓姿も、待っていた同輩たちとおなじ手甲脚絆に鉢巻、たすき掛けに早変わりした。

一行は庄屋の家の門を駈け出た。

庄屋たちは事態の長引かなかったことにホッとし、それらの背を、

「ご苦労さんでございます」

門の外まで出て見送った。

小谷のすぐ横に千太が走っている。道案内である。

一行が江戸川橋を駈け抜けると、広い通りはたちまち騒然となった。

その騒ぎが六丁目のかめやへ伝わるまえに打込まねばならない。

「ここです」

千太の声に、一行は筆屋の角を曲がった。

うしろには大通りから早くも、

「なにごと！」

「どこ？　捕物!?」

と、野次馬たちがついて来た。捕方の一行にはうっとうしい連中である。

かめやはまだ客が入っていないのか、暖簾はひっそりとしていた。

数人の捕方が千太の案内で裏手にまわった。

千太たちの見立てどおり、冬亀の甚五郎はいた。神楽坂から帰って来た取立て屋か

ら、

「なに！　逃げただと？」

と、夜逃げの報告を聞いて驚き、

「ふむ。運び屋を尾けたのは上出来だ」

と、大八車を尾けた仲間が戻って来るのを、悠長に待っていたのだ。

部屋にはほかに、甚五郎の金貸し業の番頭格もいた。甚五郎の右腕である。

そこへ、

「ん？」

部屋の一同が首をかしげ、顔を見合わせたのと同時だった。

「打込め！」

小谷同心が格子戸を蹴破った。

裏の勝手口も同時である。

「おまえさま！　逃げて！」

店場からの声と廊下を走るいくつもの足音に、

「な、なんなんだ！」

甚五郎は立ち上がったが、脇差を取るいとまもなかった。

「神妙にせいっ」

すかさず襖《ふすま》を蹴破った小谷が怒声とともに、

「だーっ」

甚五郎のこめかみに長尺十手を打ちこんだ。

「うぐっ」

一撃で甚五郎は気を失った。

その横では番頭格が、

「ま、待ってくれ。わ、わたしが、何をしたというのだ」

六尺棒の下で悲鳴を上げ、

「くそーっ」

若い取立て屋はなまじっか抵抗しようとしたものだから、

「痛てててっ」

つぎつぎと六尺棒で打たれ、突かれ、部屋の隅にうずくまってしまった。

店場ではむろんまっさきに女が六尺棒で押さえこまれていた。

鎮《しず》まった。

いい、かめやの前に詰めかけ固唾《かたず》を呑んでいた野次馬たちが、中から数珠《じゅず》つなぎになった甚五郎たちが出て来たのを見たのは、屋内が静かになり、しばらくしてからだった。

小谷は千太と捕方たちに命じ、書付など手証となるものを違い棚から天井裏まで洗いざらい捜《さが》させていたのだ。かなりの手証が得られた。

数珠つなぎになったなかには、飯炊きの爺さんと年寄りの包丁人もいた。それこそこのときかめやにいた者は一網打尽だった。

「おぉぉ、あの人は」

「なんでかめやさんが？」

野次馬たちのなかから声が出る。ここでも甚五郎たちは悪党の顔は見せていなかったようだ。

一行が大通りに出たときだった。

同心の小谷へふらりと近寄った男が、

「旦那、これはなんなんですかい。捕物のようでやすが」

横ならびに歩きながら声をかけて来た。

いくらか貫禄のある遊び人風体だ。

(土地《ところ》の店頭《たながしら》の手か)

見立てた小谷は前を向いたまま返した。

「見りゃあわかるだろう。口出ししやがると、おめえらもきつい引合《ひきあい》を喰らうぞ。帰ってそう言っておけ」

「へ、へえ」

思わぬ逆捻《さかね》じを喰い、男は足をとめ野次馬のなかに紛れた。音羽の店頭一家は、かめやの素性に気づいていなかったようだ。

珍事があった。

一行が江戸川橋にさしかかったときである。橋は音羽の大通りからついて来た野次馬や、どんな悪党を捕まえたのかひと目見ようとする早稲田村の百姓衆でごった返していた。

その群れをかき分け、先頭の小谷の前に出て来た男がいた。

「えぇえ！」

男が飛び上がったのと同時だった。千太が叫んだ。

「旦那！　こいつです。兄イたちを尾けたのはっ」

鬼助と市左を尾け、筋違御門の広場で追い越された男が足取りも重く、不首尾の報告にかめやへ向かおうとし、橋の思わぬにぎわいに出くわし、人垣をかき分けたのだった。

とっさにかめやへ手の入ったこと覚《さと》り、逃げようとしたものの橋の上は人で満ちている。

ふたたびかき分けようとしたところへ千太の声が飛んだのだ。

小谷の動作は速かった。

「そうか！」

言うなり人垣にさえぎられている男の肩に、

「神妙にせい」

「うぐっ」

長尺十手が打ち下ろされ、男はうめき声とともにうずくまった。

「きゃーっ」

女の悲鳴が上がり、橋の上はざわついたがすぐに収まった。男はわけのわからないままその場で数珠つなぎのなかに加えられた。

悪い手証がまた増えたことに、甚五郎はうしろ手のまま顔をいっそうしかつめさせていた。

千太が、

「へへん、兄イたち。いなさるかい」

意気揚々と伝馬町の棲家の縁側から声を入れたのは、陽が西の空にかなりかたむいた時分だった。

鬼助と市左は顔を見合わせた。入って来た得意気な声で、音羽町の首尾におよその見当がついた。

「おう、千の字。上がれや」

市左が声を返し、千太は縁側から上がり居間に入って来た。

鬼助たちと長火鉢を囲むように腰を据えるなり、

「兄イたちが取り逃がしたあの取立て野郎、あっしが御用にしやしたぜ」

などと言う。

「なにぃ」

市左が腰を浮かしかけたのへ鬼助が、

「まあ、いいじゃねえか。あのとき代貸の甚八さんに頼んで、野郎の身柄を押さえておくって手もあったのだから」

「そういやあそうだが。やい千の字、そっちの首尾はどうだったい」

「へへん」

市左が不満そうに腰をもとに戻したのへ、千太はまた鼻を鳴らし、神楽坂の首尾を話しはじめた。

千太は尾行と伝令と先導の役務をよく果たしていた。さらに勝手口から六尺棒の捕方について踏込んだのに、まるで自分が先陣を切ったような言い方をしていた。

甚五郎たちを茅場町の大番屋に引く途中に、また小谷に言われ、伝馬町へことの次第を知らせに来たらしい。

鬼助は問い返した。

「するとなにかい。捕えた取立て屋は、俺たちが尾けたのとおめえが捕方の人らと尾けた二人だけかい」

「ああ、そうだ。ともかくかめやにいた連中は一網打尽さ。これであっしは帰らせてもらいやすぜ。あしたからきょうのやつらの吟味の裏取りで忙しくなるんでねえ」

腰を上げた千太へ鬼助は、

「待ちねえ。あした午前中にもう一度ここへ来てくんねえ」

「なぜでえ」

千太は立ったまま問い返した。

「きのうの夜、御用提灯を持っていたのは、おめえが岡っ引で俺たちに合力《ごうりき》を頼んでいたってことを、吉之助さんに話してもらいてえのよ」

「それならこれからだっていいじゃねえか。あの与太どもがお縄になったこともいますぐ話してやりゃあ、きっとよろこぶぜ」

市左が言ったのへ鬼助は返した。

「いや。きのうのきょうじゃかえって手際がよすぎ、吉之助さんたちに俺たちまで岡っ引じゃねえかって思わせてしまわあ。一日置いて、ようやく千太が知らせに来てくれたってことにすりゃあ、そう疑われなくてむと思ってよ」

「なるほど」

市左は得心した。隠れ岡っ引は、あくまで隠れでなくてはならないのだ。

「鬼助の兄イがそう言うんなら仕方ねえ。忙しいが、まあ小谷の旦那に言って、それに合わさせてもらいやしょうかい」

千太は恩着せがましそうな言い方をした。

その千太が帰ってから、市左は言ったものだった。

「千の野郎、ちょいとばかり天狗になっていやしやせんかい」

「まあ、いいじゃねえか。頼りなかった千太が、それだけ自信をつけたってことだからよう」

鬼助は返していた。

五

翌日、千太が来たのは、ほんとうに忙しいのか思ったより早く、お島が仕事に出てからすぐだった。

だが、すんなりと縁側から声を入れたのではなかった。

「ひーっ、兄イたちーっ」

玄関のほうから突然聞こえた千太の悲鳴に、鬼助と市左は縁側を走り玄関に向かった。鬼助はむろん木刀を手にしている。

二人とも裸足《はだし》のまま飛び出すと、

「た、た、助けてくれーっ」

玄関前でぶざまに尻餅をついてあとずさりしている千太へ、

「野郎、よくも俺の弟を密告《さ》しやがったな！」

匕首《あいくち》を振りかざした男が罵声を浴びせ、まさに飛びかかろうとしていた。

「なんだっ、これは！」

鬼助は叫ぶなり前面に飛翔《ひしょう》し、

「だーっ」

男の胴に木刀を打ちこみ、身を反転させるなり、

「えいっ」

肩を打ち据えた。

「うぐっ」

男がうめき、

——カシャ
匕首が地に落ちるのとほとんど同時に、

「野郎！」

崩れかかった男に市左が飛びかかり、重なるように転げこんだ。

そこへ、

「ど、どうなさいましたっ」

長屋からようすうかがいに来てこの場面に遭遇したか、吉之助が走り寄ると、

「あっ、こいつです。取立て屋！」

「なに」

叫んだのへ鬼助は返し、市左に取り押さえられようやく身を起こした男の腕をねじ上げ、

「找《さが》す手間がはぶけたぜ。おう、市どん、自身番だ。小伝馬町のほうが利くぜ」

「がってん」

応えたのは、尻餅から起き上がっていた千太だった。

「町役さんたちを呼んで来まさあ」

言うなり小伝馬町の自身番に走った。ひとっ走りで行ける近さだ。

奥の長屋からもおかみさんたちが三人ほど走り出てきた。千太はこの三人にも吉之助にも、尻餅をつき助けを求めていた姿は見られずにすんだ。

玄関前には、近くの長屋からも人が走って来た。

「痛てて」

鬼助にいっそう腕をねじ上げられた男は苦痛に顔をゆがめ、吉之助を見ると、

「おめえ、やっぱりここにいやがったか。痛ててて」

「あっ」

吉之助は取立て屋に見つけられたまずさに気づいたか、声を上げた。

「心配いりやせんぜ。もう捕まえたんだから」

鬼助はすかさず言い、

「やい、おめえ。なんでここが判った。それにさっきあの小柄な男に、弟を密告《さ》したと言ってやがったなあ。どういうことでえ」

「痛ててて。い、言う。手、手を離してくれ」

鬼助が関節の外れるほどに力を込めたのへ男は音《ね》を上げたか、

「江戸川橋だ。やつが俺の弟を密告《さ》しやがった。痛ててて」

千太からきのう聞いた、自分たちの大八車を尾けた男を江戸川橋で捕えた話をしているようだ。

市左が長屋の衆に、

「さあ、散ってくだせえ。ちょいとした揉め事で。もうすぐ自身番から町役さんたちが来て引き取ってもらいまさあ」

散らせようとしたが、

「鬼助さん、強いんだねえ」

と、輪が一、二歩うしろへ下がっただけだった。

鬼助は詮議するように男へ言った。

「そうかい。それでどうしたい。なぜここが判ったい」

「痛てて。あとを尾けると、やつが一行から離れたので、襲ってやろうとそっちを尾けたんでえ。するとここへ入《へえ》りやがった。痛え、離せ」

「さあ。それでなんできょうまた来やがった」

鬼助は手を離さない。

「痛てて。や、やつを痛めつけるより、ここを見張っていると、嘉屋の隠れ先がわかるかもしれねえと」

「それでまた来たかい」

「そ、そうだ。するとここでやつとばったり」

「それでとっさに匕首を抜いたかい」

と、事情は解った。

吉之助も一緒にそばで聞いている。だが、音羽町のかめやへの打込みも江戸川橋での捕物も知らない。経緯《いきさつ》が呑みこめない。怪訝な表情で蒼ざめたままだ。

そこへ、知らせる者がいたのかお江が駈けて来た。二歳の子を抱き、五歳の子の手を引いている。

お江は取立て屋の顔を見るなり、

「あっ」

足をとめて立ちすくみ、

「わっ」

抱かれた子はお江にしがみつき顔を伏せて泣きだし、手を引かれた子は、

「怖いっ」

お江の袖を取ってうしろに隠れた。

長屋の衆は二人の幼子が、鬼助が男の腕をねじ上げているのを怖がったものと思ったのだろうが、鬼助と市左には、この男が神楽坂の店でいかに大声でわめき散らしていたかがとっさに理解できた。

「あ、町役さんたち。こっち、こっち」

長屋の衆から声が上がった。千太が小伝馬町の町役二人と町内の若い者三人ほどを連れ、走り戻って来た。

「おぉ、こいつか。悪そうな顔をしておる」

「刃物はそれだな」

と、町役が若い者に手伝わせて男に縄を打ち、

「すまねえ。南町じゃねえ、茅場町の大番屋だ。小谷の旦那にな」

町役に言われ、役人を呼びに走ろうとする若い者に千太は言った。

「畜生！　もう何もかも終わりだあっ」

引かれながら、男は絶望的な声を上げていた。

町役は年配者が多く、こうした場合は町内の若い者を手足にしている。ときには店《たな》頭《がしら》や鳶《とび》の者たちを動員することもある。

自身場では同心や捕方が引き取りに来るまで、男は奥の板敷きの部屋につながれ、千太が町役たちと一緒に詮議し、その供述を書役が控帳《ひかえちょう》に書き取ることだろう。奉行所で本格的な詮議が始まったとき、初期段階でのこの控帳が大きな意味を持つことになる。

男はすでに鬼助に腕をねじ上げられ、痛さのなかに千太へ斬りかかった経緯を話している。聞き取りに千太はそう手こずることはなく、せいぜい、

『幾度おんなじことを訊きやがるんでえ』

と、悪態をつかれるだけだろう。

ここでも千太は、鬼助のおかげで手柄を立てられそうだ。

控帳の内容だが、鬼助と市左が神楽坂の嘉屋へ行ったとき、その男はおらず、江戸川橋では鬼助と市左がいなかった。同心や岡っ引と行動を共にしている場面は男の供述からは出てこない。そこは安心できる。町内ではあくまで隠れ岡っ引で、御用の筋

についてはまったく影の存在で、そこを町役たちに微塵《みじん》も詮索されるようなことがあってはならないのだ。

「吉之助さん、おかみさん。詳しい話をしまさあ。中へ入《へえ》りなすってくだせえ」

鬼助は吉之助とお江を玄関にいざなった。

抱かれた子はもう泣きやみ、母親のうしろに隠れた子も、男が引かれて行ったためか安堵の顔になっていた。

集まった長屋の衆が、

「見倒屋をやっていると、こんな物騒なこともあるのねえ」

「でも、鬼助さんがいなさりゃあ安心さね」

言いながら散りはじめたのへ、

「まったくそのとおりなんで、へえ」

市左は返していた。

居間では四人が長火鉢を囲み、子供たちは鬼助と市左が一緒ならなおさら安心できるのか、くつろいだ感じで母親と父親にまとわりついていた。

鬼助と市左が交互に、

「実はさっきの千太というのは岡っ引で、だからおとどい、御用提灯を持ち出すことができたのでさあ」

「あっしらは見倒屋なもんで、ときおり同心の旦那に合力《ごうりき》することもありやしてね。こたびもちょいと持ちつ持たれつの関係になることがありやして。それでこれまでの経緯を千太が知らせに来てくれたところへ、逆恨みしている野郎が襲いかかって来たって寸法なんでさあ」

と話し、取立て屋三人を使嗾《しそう》し、先代の嘉屋のあるじを自殺にまで追い込んだ悪党たちがすべてお縄になり、その係累の者が根岸で殺しまでしていたことを語った。

吉之助とお江は、二人の子供がびっくりするほど驚愕の態になり、

「それならおまえさま、あたしたち、神楽坂に帰れるかもしれませんねえ」

お江が言ったのへ吉之助は肯是《こうぜ》のうなずきを見せ、

「おっと、あと数日もすれば奉行所のもっと詳しい動きが伝わって来まさあ。それまで待ちなせえ」

鬼助はたしなめるように言った。

夫婦はともにうなずいていた。

こたびも物《ぶつ》の見倒しはなく、荷運びだけの仕事になりそうだ。

吉之助たちが長屋に帰ってから、

「千の字め、尻餅をつきやがってざまあなかったぜ。これであの野郎、俺たちの前《めえ》じゃもう得意そうな面《つら》はできねえでやしょうねえ」

「あはは。千太には刃物を突きつけられるのも、岡っ引としていい経験じゃねえか。それにしてもきょうの野郎、きのう俺たちを尾けた野郎の兄だったとはなあ。悪党でも兄が弟の仇を討とうとしやがった。前後の見さかいもなくだったが、そこは褒めてやってもいいじゃねえか」

「それがまあ兄弟ってやつでやしょう。やつらにもっと分別がありゃあ、そろって悪の道に染まることもなかったろうに」

市左は言ったとき、フッと真剣な表情になった。伊皿子台町の坂上屋が、脳裡をよぎったのかもしれない。

六

小谷同心が千太をともない、また伝馬町の鬼助たちの棲家に立ち寄ったのは、まだ陽のある時分だった。いつもながら、棲家が小伝馬町の牢屋敷から茅場町の大番屋や八丁堀の組屋敷に帰る途中にあるので便利だ。

さすがに千太は三人と一緒に長火鉢を囲むのではなく、小谷のうしろに肩をすぼめて座った。

「どうしたい、千の字」

「い、いえ」

市左が皮肉っぽく言ったのへ、千太はさらにひと膝うしろへ下がり、小さく肩をすぼめた。

小谷はそのやりとりに気づかないまま、語った。

男は間違いなく取立て屋三人組の最後の一人で、すでに捕えていた男とは兄弟だった。岡っ引に刃物で斬りかかろうとした厳然たる現行犯だ。大番屋で吟味する手間をはぶき、自身番から直接小伝馬町の牢屋敷に引いたという。鬼助が〝小伝馬町のほうが利くぜ〟と言ったのは男を威嚇するのと、このための便宜を考えてのことでもあった。

「まあ、直接牢屋敷へ引くのに、自身番の控帳だけで充分だった。それによれば、おまえたちも千太にかなり合力してくれたようで、ご苦労だったなあ」

小谷が言ったのへ、鬼助と市左がその背後へじろりと視線を投げると、

「へえ。どうも」

と、千太は消え入るような声で、ぴょこりと頭を下げた。

控帳には尻餅など出てこず、千太が男を押さえるのへ鬼助と市左が手を貸したようになっているのだろう。男も自分が木刀で叩きのめされたことなど語ってはいまい。千太がどのように話したかわからないが、書役はそのまま記《しる》したのだろう。

市左が、

「そりゃあ手は貸しやしたが……」

言いかけたのを鬼助は手で制した。

きのう大番屋に引かれた甚五郎たちは、あした小伝馬町送りになるらしく、お妙《たえ》も包丁人も金貸し業の一味だったのだ。飯炊きの爺さんだけ引合のため、しばらく大番屋に留め置かれるらしい。

「ところで旦那、深川の峰岸大膳さんはまだ大番屋ですかい」

不意に話題を変えるように鬼助は訊いた。

門前仲町の長屋で仕掛けたとき、なかなか挑発に乗らず、逆に鬼助のほうから脇差を抜き、斬りつけて逃げながらも殺意が感じられなかったことで、鬼助は峰岸大膳に悪感情はなく、むしろ吉良家雇い入れの芽を摘んでしまったことに、うしろめたさを感じているほどである。

小谷は応えた。

「ああ。あの浪人は、上州屋の一件には関わっておらず、あした甚五郎たちが小伝馬町送りになるのと同時に放免され、しばらく門前仲町ではなく清住町のほうで町内預かりとなる。そのほうが向後、引合があって呼び出すとき、やりやすいからなあ」

「なるほど、さようですかい」

鬼助は返した。飯炊きの爺さんが町内預けにならず大番屋に留め置かれるのは、そこが音羽の門前町だからであろう。

鬼助がまた、

「あの浪人さんも、喰うに困りさえしなけりゃ、勝蔵や松助たちとつるんだりはしなかったろうになあ」

ぽつりと言ったのへ、

「どうせつるむなら、深川の同業の手伝いでもしていりゃあ、大番屋に引かれることもなかったろうにねえ」

市左は言ったものだった。同業とは、むろん見倒屋のことだ。

小谷が帰り支度になりながら、

「吉之助の家族、おめえたちが面倒をみているようだが、ここなら小伝馬町は近い。

引合で呼ぶこともあるだろうから、しばらく留めて置け」

理由は違っても、鬼助とおなじようなことを言った。

実際、このあと幾度か上州屋の良之介や平七らとともに奉行所に呼ばれ、お白洲でも悪党どもの手口を証言し、根岸の隠宅に押込んだ松助ら三人組は死罪が裁許され、勝蔵とお華、それに甚五郎たちはお妙も含め長《なが》の入牢《じゅろう》となった。

小谷は言っていた。

「つまりだ、このさき死罪になるような罪状が出て来るかもしれねえってことさ。お奉行も、うめえ裁許をされたものよ」

吉之助の家族は裁許のあった翌日、神楽坂のあの小ぢんまりした貸店に戻った。鬼助と市左が家主にかけ合い、他へ貸さないよう頼んでいたのだ。

やはりこたびも仕事は荷運びだけに終わった。しかも運び出した所へまた運び入れたのだ。だが、当然ながらただの運び賃ではない礼金を、吉之助とお江は包んだ。市左はその何割かを、

「おう。上州屋の引っ越しじゃなかったが、約束だったからなあ」

と、お島に渡した。お島は恐縮しながらもホクホク顔になった。

横合いから鬼助が言った。

「お島さん。こんどはみょうな瘤《こぶ》つきじゃなく、まともな夜逃げか駆落ちを頼むぜ」

「まともな夜逃げか駆落ち？」

「そうよ。まともな見倒屋の仕事をよう」

「まともなねえ。うふふ、探しておきますよう」

　お島は笑いながら返した。

　その翌日だったか、仕事から帰って来たお島が、縁側へ行李と一緒に腰を下ろし、夕陽を浴びながら言った。

「馬喰町の上州屋さん、以前のようにまたお客さんが戻って来たようですよ。でもねえ、もし若旦那の良之助さんじゃない、あの新しい旦那さんがもしもですよ、行状を恥じて首でもくくっていたなら、平七さんとおチカさんも、嘉屋の吉之助さんとお江さんとおなじことをしていたかねえ。店の暖簾を守ろうと」

「それはわからねえぜ」

　市左が応えた。

「平七どんとおチカは夜逃げをしようとしてたんじゃねえのかい。もっとも、どこかで吉之助さんとおなじように小ぢんまりとした干物屋を、おチカさんと開いていただろうがなあ。それよりもお島さん、二、三日めえ、平七どんは番頭になったって言ってなかったかい」

「ああ、言いましたよ。近いうちにおチカさんと祝言を挙げることも。あたし、おチカさんから直《じか》に聞いたのだから。お店の看板も暖簾からも〝本店〟の文字が消えていたし。あ、夕飯の支度をしなくちゃ」

お島が話し、腰を上げてすぐだった。

玄関に訪《おとな》いの声が入った。吉良邸の中間《ちゅうげん》の声だった。

「おっ、また身状調べだな」

鬼助は急ぎ玄関へすり足になったが、脳裡には堀部弥兵衛の顔が浮かんでいた。

この日、あと半月もすれば元禄十四年が十五年とあらたまる極月《ごくげつ》（十二月）なかばであった。

鬼助の旧あるじたちが本懐を遂げ存念を晴らすまで、あと一年である。そこに鬼助は支えの存在として充実した日々を送ることになる。市左もまた、そのなかに自身の秘かな存在価値を見いだし、人助けの見倒屋の道に邁進するのだった。

時代小説
二見時代小説文庫

身代《しんだい》喰《くい》逃《に》げ屋《や》　見倒屋《みたおしや》鬼助《きすけ》　事件控《じけんひかえ》6

著者　喜安幸夫《きやすゆきお》

発行所　株式会社　二見書房
東京都千代田区三崎町二－一八－一一
電話　〇三－三五一五－二三一一［営業］
〇三－三五一五－二三一三［編集］
振替　〇〇一七〇－四－二六三九

印刷　株式会社　堀内印刷所
製本　ナショナル製本協同組合

落丁・乱丁本はお取り替えいたします。
定価は、カバーに表示してあります。

ISBN978－4－576－16050－4
http://www.futami.co.jp/

朱鞘《あかさや》の大刀 見倒屋《みたおしや》鬼助《きすけ》 事件控1

喜安幸夫［著］

浅野内匠頭の事件で職を失った喜助は、夜逃げの家へ駆けつけて家財を二束三文で買い叩く「見倒屋」の仕事を手伝うことになる。喜助あらため鬼助の痛快シリーズ第1弾

隠れ岡っ引 見倒屋鬼助 事件控2

喜安幸夫［著］

鬼助は浅野家家臣・堀部安兵衛から剣術の手ほどきを受けた遣《つか》い手の中間《ちゅうげん》でもあった。「隠れ岡っ引」となった鬼助は、生かしておけぬ連中の成敗に力を貸すことに…。

濡れ衣晴らし 見倒屋鬼助 事件控3

喜安幸夫［著］

老舗料亭の庖丁人と仲居が店の金百両を持って駆落ち。探索を命じられた鬼助は、それが単純な駆落ちではないことを知る。彼らを嵌めた悪い奴らがいる…鬼助の木刀が唸る！

百日髷《まげ》の剣客 見倒屋鬼助 事件控4

喜安幸夫［著］

喧嘩を見事にさばいて見せた百日髷の謎の浪人者。その正体は、天下の剣客堀部安兵衛という噂が。奇縁によって鬼助はその浪人と共に悪人退治にのりだすことに！

冴える木刀 見倒屋鬼助 事件控5

喜安幸夫［著］

元赤穂藩の中間である見倒屋の鬼助。赤穂浪士討ち入り前年のある日、鬼助はその木刀さばきの腕前で大店に強請を重ねる二人の浪人退治を買って出る。彼らの正体は…。

はぐれ同心 闇裁き 龍之助江戸草紙

喜安 幸夫［著］

時の老中のおとし胤が北町奉行所の同心になった。女壺振りと島帰りを手下に型破りな手法と豪剣で悪を裁く！ワルも一目置く人情同心が巨悪に挑む！ シリーズ第1弾

強請《ゆすり》の代償 はぐれ同心 闇裁き8
喜安 幸夫［著］

悪徳牢屋同心による卑劣きわまる強請事件。被害者かと思われた商家の妾には、哀しくもしたたかな女の計算が。悪いのは女、それとも男？ 同心鬼頭龍之助の裁きは!?

追われ者 はぐれ同心 闇裁き9
喜安 幸夫［著］

夜鷹が一刀で斬殺され、次は若い酌婦が犠牲に。犯人の真の標的とは？ 龍之助はその手口から、七年前に起きたある事件に解決の糸口を見出すが…。シリーズ第9弾

さむらい博徒 はぐれ同心 闇裁き10
喜安 幸夫［著］

老中・松平定信の下知で奉行所が禁制の賭博取締りをかけるが、逃げられてばかり。松平家に内通者が？ おりしも上がった土左衛門は、松平家の横目付だった！

許せぬ所業 はぐれ同心 闇裁き11
喜安 幸夫［著］

松平定信の改革で枕絵や好色本禁止のお触れが出た。お触れの時期を前もって誰ら漏らしたやつがいる！ 龍之助は張本人を探るうちに迫りくる宿敵の影を知る！

最後の戦い はぐれ同心 闇裁き12
喜安 幸夫［著］

松平定信による相次ぐ厳しいご法度に、江戸は一揆寸前！ 北町奉行所同心・鬼頭龍之助は宿敵・定信に引導を渡すべく、最後の戦いに踏み込む！ シリーズ、完結！

閻魔の女房 北町影同心1
沖田正午［著］

巽真之介は北町奉行所で「閻魔の使い」とも呼ばれる凄腕同心。その女房の音乃は、北町奉行を唸らせ夫も驚くほどの機知にも優れた剣の達人！ 新シリーズ第1弾！